एंतोन चेख़व

जन्म : 17 जनवरी, 1860 (तागन रोग)।

पिता बँधुआ मज़दूर थे। उन्होंने मालिक की पूरी क़ीमत चुका कर स्वतंत्रता ख़रीदी और दुकान शुरू की। बचपन पिता के अनुशासनी अत्याचारों में बीता। लेखन के आधार पर ही डॉक्टरी की पढ़ाई की। कहानियाँ, नाटक, एकांकी लेखन।

निधन : 2 जुलाई, 1904

राजेन्द्र यादव

जन्म : 28 अगस्त, 1929, आगरा। **शिक्षा :** एम.ए. (हिन्दी), 1951, आगरा विश्वविद्यालय।

प्रकाशित पुस्तकें : *देवताओं की मूर्तियाँ, खेल-खिलौने, जहाँ लक्ष्मी कैद है, अभिमन्यु की आत्महत्या, छोटे-छोटे ताजमहल, किनारे से किनारे तक, टूटना, ढोल और अपने पार, चौखटे तोड़ते त्रिकोण, वहाँ तक पहुँचने की दौड़, अनदेखे अनजाने पुल, हासिल और अन्य कहानियाँ, श्रेष्ठ कहानियाँ, प्रतिनिधि कहानियाँ* (कहानी-संग्रह); *सारा आकाश, उखड़े हुए लोग, शह और मात, एक इंच मुस्कान* (मन्नू भंडारी के साथ), *मंत्र-विद्ध और कुलटा* (उपन्यास); *आवाज तेरी है* (कविता-संग्रह); *कहानी : स्वरूप और संवेदना, प्रेमचन्द की विरासत, अठारह उपन्यास, कहानी : अनुभव और अभिव्यक्ति, उपन्यास : स्वरूप और संवेदना, काँटे की बात* (बारह खंड) (समीक्षा-निबन्ध-विमर्श); *आदमी की निगाह में औरत, वे देवता नहीं हैं, एक दुनिया : समानान्तर, कथा जगत की बागी मुस्लिम औरतें, वक्त है एक ब्रेक का, औरत : उत्तरकथा, पितृसत्ता के नए रूप, पच्चीस बरस : पच्चीस कहानियाँ, मुबारक पहला कदम* (सम्पादन); *औरों के बहाने* (व्यक्ति-चित्र); *मुड़-मुड़ के देखता हूँ* (आत्मकथा); *राजेन्द्र यादव रचनावली* (15 खंड)।

प्रेमचन्द द्वारा स्थापित कथा-मासिक 'हंस' के अगस्त, 1986 से 27 अक्टूबर, 2013 तक सम्पादन। चेखव, तुर्गनेव, कामू आदि लेखकों की कई कालजयी कृतियों का अनुवाद।

निधन : 28 अक्टूबर, 2013

तीन बहनें

अनुवाद

राजेन्द्र यादव

राधाकृष्ण पेपरबैक्स

पहला पुस्तकालय संस्करण
राधाकृष्ण प्रकाशन प्राइवेट लिमिटेड द्वारा
1958 में प्रकाशित

राधाकृष्ण पेपरबैक्स में
पहला संस्करण : 2017
दूसरा संस्करण : 2023

राधाकृष्ण पेपरबैक्स : उत्कृष्ट साहित्य के जनसुलभ संस्करण

राधाकृष्ण प्रकाशन प्राइवेट लिमिटेड
जी-17, जगतपुरी, दिल्ली-110 051
द्वारा प्रकाशित

शाखाएँ : अशोक राजपथ, साइंस कॉलेज के सामने, पटना-800 006
पहली मंजिल, दरबारी बिल्डिंग, महात्मा गांधी मार्ग, प्रयागराज-211 001

वेबसाइट : www.radhakrishnaprakashan.com
ई-मेल : info@radhakrishnaprakashan.com

यश प्रिंटोग्राफिक्स
नोएडा-201 301 (उत्तर प्रदेश)
द्वारा मुद्रित

मूल्य : ₹ 150

TEEN BAHANEIN
Play by Anton Chekhov
Translated by Rajendra Yadav

ISBN : 978-81-8361-841-0

तीन बहनें

पात्र

आन्द्रे सर्जीएविच् प्रोज़ोरोव	
नाताल्या आइवानोव्ना	– (नताशा) (आन्द्रे की प्रेमिका और बाद में पत्नी)
ओल्गा	
माशा	– आन्द्रे की बहनें
इरीना	
फ़्योदोर इल्यिच कुलिगिन	– (हाई-स्कूल का मास्टर, माशा का पति)
लेफ़्टिनेंट कर्नल इग्नात्येविच वैर्शिनिन	– (सेना-नायक)
बैरोन निकोलाय ल्योविच तुज़ेनबाख़	– (लेफ़्टिनेंट)
वैसिली वैसिलेविचं सोल्योनी	– (कैप्टन)
ईवान सोमानिच शैबुतिकिन	– (फ़ौजी डॉक्टर)
अलैक्सी पैत्रोविच फ़ैदोतिक	– सैकिंड लेफ़्टिनेंट
व्लादिमीर कार्लोविच रोदे	– सैकिंड लेफ़्टिनेंट
फ़ैरापोंट	– ग्राम-पंचायत का बूढ़ा चपरासी
अनफ़ीसा	– अस्सी साल की बुढ़िया– दाई माँ।

घटना-स्थल : देहाती क़स्बा

पहला अंक

(प्रोज़ोरोव-परिवार का मकान। खम्भोंवाला एक ड्रॉइंगरूम, जिसके पीछे एक बड़ा कमरा दिखाई पड़ता है। दोपहर का समय। धूप साफ़ और तेज़ है। पीछे के कमरे में भोजन के लिए एक मेज़ ठीक की जा रही है।)

(हाईस्कूल-टीचर के गहरे-नीले रंग के कपड़े पहने ओल्गा अभ्यास की कॉपियाँ जाँच रही है। कभी चुपचाप खड़ी होकर जाँचती है, कभी इधर से उधर घूमते हुए। काले कपड़े पहने माशा बैठी एक किताब पढ़ रही है—उसने अपना टोप घुटने पर रख लिया है। सफेद कपड़े पहने इरीना विचारों में खोई खड़ी है।)

ओल्गा : इरीना, तुम्हें याद है ? आज से ठीक एक साल पहले, पाँच मई को, तुम्हारे जन्मदिन पर ही तो पिताजी का स्वर्गवास हुआ था। भयानक ठंड थी। बर्फ़ पड़ रही थी। मुझे तो ऐसा लगता था जैसे इस दुख से मैं बच

नहीं पाऊँगी। तुम ऐसी बेहोश पड़ी थी जैसे मर गई हो, लेकिन अब एक साल बीत गया। हम लोग अब कुछ स्थिर चित्त से विचार कर सकते हैं। तुमने सफ़ेद कपड़े पहन ही लिए हैं—चेहरे पर भी कान्ति है ! *(घड़ी बारह बजाती है)* उस समय भी तो घड़ी घंटे ही बजा रही थी *(कुछ क्षण चुप्पी)* जब लोग अर्थी को क़ब्रिस्तान ले जा रहे थे उस समय का बजता बैंड, बन्दूकों का छूटना मुझे अभी तक याद है। थे तो पिताजी ब्रिगेड की कमांड के जनरल; पर फिर भी लोग ज़्यादा नहीं आए थे। ख़ैर, उस वक़्त पानी भी तो पड़ रहा था—मूसलाधार पानी और बरफ़ दोनों।

इरीना : क्यों याद करती हो ये सब बातें?

(खम्भों के पीछे मेज़ के पास बैरोन तुज़ेनबाख़, शैबुतिकिन और सोल्योनी दिखाई देते हैं।)

ओल्गा : आज तो काफ़ी गर्मी है—खिड़कियाँ खोली जा सकती हैं, लेकिन अभी तक भोज के पेड़ों में कोंपलें ही नहीं आईं। ग्यारह साल पहले पिताजी को ब्रिगेड मिला था, तभी वे हमारे साथ मॉस्को से यहाँ आए थे—और मुझे खूब याद है, अब तक यानी मई के शुरू होते-होते हर तरफ़ बहार छा गई थी।...बड़ी सुहानी गर्मी थी और सारा संसार सुनहली धूप में नहाया हुआ था। ग्यारह साल पहले की बात है; फिर भी मुझे सारी-की-सारी बातें इस तरह याद हैं जैसे कल की हों। सच बहन, आज सुबह जब मैं उठी तो देखा धूप का एक ज्वार-सा उमड़ा पड़ रहा है। तब मैंने देखा, अरे, वसन्त आ गया और मेरा हृदय आनन्द से झूम उठा। उस समय मन में वापस घर पहुँच जाने की बड़ी ही उत्कट इच्छा हुई।

शैबुतिकिन : *(व्यंग्य से सोल्योनी से)* वही पुराना रोना !

तुज़ेनबाख़ : *(सोल्योनी से ही)* सच यार, यह सब कोरी बकवास है।

(माशा किताब में ही डूबी हुई हल्के-हल्के सीटी से गुनगुनाती है।)

ओल्गा : सीटी मत बजाओ, माशा ! कैसे मन हो पाता है तुम्हारा ! *(चुप्पी)* सारे दिन स्कूल, फिर रात-रात तक अपने पाठों की तैयारी से सिर में ऐसा दर्द होता है; दिमाग में ऐसी मुर्दनी और उदासी भरी रहती है जैसे

मैं बुढ़िया हो गई हूँ। सचमुच, इन पिछले चार सालों में जबसे मैं इस हाईस्कूल में हूँ, मुझे ऐसा लगता जैसे बूँद-बूँद करके धीरे-धीरे मेरी सारी शक्ति, सारी जवानी मुझे छोड़कर चली गई हो। बस, एक ही झक रोज़-रोज़ बढ़ती जाती है...

इरीना : मॉस्को लौट चलो।...घर-बार सबको बेच-बाचकर, यहाँ की सारी चीज़ों को ठिकाने लगाकर मॉस्को भाग चलो।...

ओल्गा : हाँ, मॉस्को—जितनी जल्दी हो सके...

(शैबुतिकिन और तुज़ेनबाख़ हँसते हैं।)

इरीना : आन्द्रे भैया शायद प्रोफ़ेसर हो जाएँ। तब तो फिर वे यहाँ कभी भी नहीं रहेंगे। बस, बिचारी माशा की ही ज़रा चिन्ता होती है।

ओल्गा : माशा हर साल गर्मियाँ मॉस्को में आकर बिता लिया करेगी।

(माशा हल्की सीटी में गुनगुनाती रहती है।)

इरीना : भगवान करे, किसी तरह यह हो जाए। *(खिड़की से बाहर देखकर)* आज का दिन कैसा सुहावना है। पता नहीं क्यों—आज मेरा मन बड़ा पुलक रहा है। जब सुबह-सुबह मुझे ध्यान आया कि अरे, आज तो मेरी वर्षगाँठ है, तो अचानक मन में बड़ी ख़ुशी हुई। बचपन की याद आने लगी, जब अम्मा ज़िन्दा थीं। तबकी उन सारी बातों ने मुझे विभोर और रोमांचित कर डाला—हाय, वे उन दिनों की बातें...

ओल्गा : आज सचमुच तुम बड़ी खिल रही हो। और दिनों के मुक़ाबले आज बड़ी प्यारी-प्यारी लग रही हो। माशा भी सुन्दर लग रही है। आन्द्रे भैया भी बड़े अच्छे लगने लगेंगे—लेकिन वे ज़रा भारी हो गए हैं। मुटापा उन्हें फबता नहीं है। और मैं तो बड़ी-बूढ़ी होती जा रही हूँ—काफ़ी दुबली भी तो हो गई हूँ। शायद इसका कारण यही है कि स्कूल में लड़कियों से बड़ी झल्लाई-सी रहती हूँ। आज मैं बिल्कुल स्वतन्त्र हूँ, अपने घर बैठी हूँ। न सिर में दर्द है न और कुछ—इसलिए ऐसा लगता है जैसे कल बड़ी-बूढ़ी थी आज फिर से लड़की हो गई हूँ। अभी मेरी उम्र कुल 28 की ही तो है। खैर यों तो

सब ठीक है। भगवान् जो कुछ करता है अच्छा ही करता है...फिर भी कभी-कभी मन होता है कि शादी कर लेती...दिन भर घर बैठी रहती। कैसा अच्छा होता...*(कुछ देर चुप रहकर)* मैं अपने 'उनको' खूब प्यार करती...

तुज़ेनबाख़ : *(सोल्योनी से)* तुम इतनी बक-बक करते हो कि सुनते-सुनते मैं तो ऊब उठा हूँ...*(ड्रॉइंगरूम में आते हुए)* मैं आपको एक बात बताना तो भूल ही गया... आज हमारी फ़ौज के नए कमांडर वैर्शिनिन आपके यहाँ आनेवाले हैं *(पियानो के पास बैठ जाता है।)*

ओल्गा : अच्छा ?—मुझे बड़ी ख़ुशी होगी।

इरीना : बूढ़े हैं क्या ?

तुज़ेनबाख़ : नहीं, ऐसे तो नहीं हैं। चालीस या ज़्यादा-से-ज़्यादा पैंतालीस के होंगे...*(धीरे-धीरे पियानो बजाता है।)* आदमी तो शानदार लगता है। बस, बक्की बहुत है।

इरीना : दिलचस्प हैं न ?

तुज़ेनबाख़ : हाँ हाँ, ठीक ही है। उसके एक पत्नी है, एक सास है, और दो छोटी-छोटी लड़कियाँ हैं बस, सो यह भी उसकी दूसरी पत्नी है। अब वह सबके यहाँ जा-जाकर कहते फिर रहे हैं कि उनकी एक पत्नी है, दो बच्चियाँ हैं। आपको भी बताएँगे। पत्नी उसकी कुछ झक्की-सी लगती है—लड़कियों की तरह बालों की लम्बी-सी चोटी किए रहती है। हमेशा बड़े भावुकता भरे लहजे में बातें करती है। बात-बात में दार्शनिकता का छौंक लगाती जाती है और अपने पतिदेव को जलाने के लिए ही अक्सर आत्महत्या की कोशिशें करती रहती है। मैं होता तो वर्षों पहले ऐसी पत्नी को नमस्कार कर चुका होता; लेकिन ये हैं कि सिर्फ उनकी शिकायतें करते जाते हैं और उसी के साथ चिपके हैं।

सोल्योनी : *(शैबुतिकिन के साथ ड्राइंगरूम में आते हुए)*—एक हाथ से मैं आधा मन वजन ही उठा पाता हूँ, जबकि दोनों हाथों से डेढ़ मन—कभी-कभी तो पौने दो मन तक उठा लेता हूँ। इससे यह नतीजा निकला कि दो आदमी मिलकर एक आदमी के मुक़ाबले दुगुने ही नहीं, बल्कि तिगुने या और भी ज़्यादा होते हैं...एक

और एक ग्यारह।

शैबुतिकिन : *(आते हुए अख़बार पढ़ता जाता है।)* बाल झड़ने के लिए...आधी बोतल स्पिरिट में दो तोले नैपथ्लीन डालिए...ख़ूब घुलमिल जाने दीजिए...अब इसे रोज़ इस्तेमाल कीजिए अच्छा, इसे लिख लें *(अपनी नोट-बुक में लिखता है)* नहीं...नहीं मुझे इसकी ज़रूरत क्या है ? *(काट देता है)* इससे क्या होता जाता है ?

इरीना : शैबुतिकिन, डॉक्टर शैबुतिकिन।

शैबुतिकिन : क्या हुआ बेटी, मुन्नी ?

इरीना : मुझे बताओ न, मैं आज इतनी खुश क्यों हूँ ? जैसे मेरे ऊपर अनन्त नीला-आकाश फैला चला गया हो और सफ़ेद बगुलों की क़तारें उसमें उड़ती चली जा रही हों...क्या बात है ? क्यों है ऐसा ?

शैबुतिकिन : *(बड़ी कोमलता से उसके दोनों हाथों को चूमता है)* मेरी बच्ची...।

इरीना : आज जब सुबह-सुबह मैं उठी, मुँह-हाथ धोया तो लगा मानो दुनिया की सारी बातें मेरी समझ में आ गई हों—मेरे सामने साफ़ हो गई हों। जैसे मैं जान गई होऊँ कि किसी को कैसे रहना चाहिए...डॉक्टर साहब, अब मेरी समझ में सब कुछ आ गया है...चाहे कोई भी क्यों न हो, उसे काम करना चाहिए। एड़ी-चोटी का पसीना बहाकर परिश्रम करना चाहिए। जीवन की सारी सार्थकता, सारा उद्देश्य, सारे आनन्द, सारे उल्लास इसी में हैं। कैसा आनन्द है मज़दूर बनने में। सुबह पौ फटने से पहले उठ पड़े...सड़क पर पत्थर तोड़ते रहे...या फिर चरवाहा बन गए। स्कूल- मास्टर, बच्चों को पढ़ा रहे हैं...या फिर इंजन ड्राइवर...आह, डॉक्टर साहब, मनुष्यों की तो बात ही छोड़ दो, अच्छा हो आदमी बैल-घोड़ा कुछ बन जाए—काम तो करता रहे ! ऐसी लड़की बनने से क्या फ़ायदा कि बारह बजे उठे, बिस्तर पर ही कॉफ़ी पी ली और फिर दो घंटे साज-सिंगार में लगा दिए...सचमुच बड़ा बेहूदा है यह सब ! —जैसे गर्मी के दिनों में किसी को पानी की झक होती है—मुझे काम करने की झक है। जिस दिन मैं सुबह उठते ही काम न करूँ—तुम मुझसे बातें मत करना...

कुट्टी कर लेना।

शैबुतिकिन : ज़रूर...ज़रूर।

ओल्गा : पिताजी ने हमें सुबह सात बजे ही उठने का अभ्यास कराया है। अब एक ये इरीना हैं कि उठ तो सुबह सात पर ही पड़ती हैं, लेकिन नौ बजे तक पड़ी-पड़ी सोचती रहती हैं। और दिखाई कैसी गम्भीर देती हैं–*(हँस पड़ती है।)*

इरीना : तुम्हें तो मुझे हमेशा बच्चा समझने की आदत हो गई है–मैं ज़रा भी गम्भीर हुई, कि तुम्हें अजब-अजब लगता है। बीस की तो हो गई मैं !

तुज़ेनबाख़ : यह काम करने की दुर्निवार लालसा–आह दोस्त, इसे मैं कैसी अच्छी तरह पहचानता हूँ। अपने जीवन में मैंने कभी काम नहीं किया ! सुस्त, आलसी, ठंड से जमे पीटर्सबर्ग के ऐसे परिवार में जन्म लिया जहाँ न तो काम करने से कोई मतलब था–न चिन्ता। मुझे याद है जब मैं फौज़ी विद्यार्थियों के स्कूल से घर जाया करता था, तो एक वर्दी डाटे चपरासी मेरे बूट उतारा करता था। मैं बड़ा उपद्रवी था; लेकिन मेरी माँ हमेशा मुझे इज़्ज़त और भय के साथ देखा करती थीं। जब और लोग मेरी ओर इस तरह नहीं देखते, तो उन्हें आश्चर्य होता। काम करने से तो मुझे हमेशा बचाया गया–दूर-दूर रखा गया ! लेकिन मुझे नहीं लगता कि वे लोग काम से मुझे कभी पूरी तरह दूर रख पाए हों। सचमुच मुझे विश्वास नहीं होता है ! अब वह वक्त आ गया है कि बर्फ़ की भारी पहाड़ी-चट्टान दनदनाती हमारे ऊपर चली आ रही है; गरजता हुआ शक्तिशाली भीषण तूफ़ान अब हमारे सिरों पर आ पहुँचा है–यह सारे आलस्य, सारी उदासी, सारी काम करने से घृणा और हमारे समाज की सड़ी-गली मान्यताओं को चकना-चूर कर डालेगा–उखाड़ फेंकेगा ! मैं काम करूँगा, और देख लेना, आनेवाले पच्चीस-तीस साल में एक-एक को काम करना पड़ेगा–हर एक को।

शैबुतिकिन : मैं काम-वाम कुछ नहीं करूँगा।

तुज़ेनबाख़ : तो तुम्हें गिनता ही कौन है ?

सोल्योनी : खुदा का शुक्र है, कि अगले पच्चीस साल में यहाँ

तुम्हारी हवा भी नहीं होगी। दो-तीन साल में ही या तो तुम्हीं अपना बोरिया-बधना उठाकर जहन्नुम की तरफ़ कूच करते दिखाई दोगे या फिर किसी दिन गुस्से में आकर मैं ही अपनी गोली से तुम्हारी खोपड़ी फोड़ दूँगा—समझे देवता !—*(जेब से इत्र की शीशी निकालकर उसके हाथों और छाती पर छिड़कता है।)*

शैबुतिकिन : *(हँसता है)* मैंने तो सचमुच कभी कोई काम नहीं किया। यूनिवर्सिटी छोड़ने के बाद से मैंने तिनका तक नहीं तोड़ा !—कभी किसी किताब को हाथ नहीं लगाया, बस अख़बार पढ़ लेता हूँ...*(जेब से दूसरा अख़बार निकाल लेता है)* अच्छा...अब जैसे उदाहरण के लिए देखिए, अख़बारों से मुझे यह तो पता है कि दोब्रोल्युबोव नाम के कोई साहब कभी हुए हैं—लेकिन उन्होंने लिखा क्या है ?—मैं नहीं कह सकता ! ख़ुदा जाने क्या लिखा है...*(नीचे की मंजिल से फ़र्श पर खटखटाने की आवाज़ आती है)* लीजिए, नीचे बुलावा आ गया ! कोई मुझसे मिलने आया है। मैं अभी सीधा नीचे आता हूँ। एक मिनट रुको भाई।

(अँगुलियों से दाढ़ी सुलझाता हुआ तेज़ी से निकल जाता है।)

इरीना : कोई काम ही आ पड़ा होगा।

तुज़ेनबाख़ : हाँ, गया तो बड़ा गम्भीर चेहरा बनाकर है। ज़रूर आपके लिए कोई भेंट लेकर अभी आ रहा होगा।

इरीना : अच्छी बकवास है।

ओल्गा : हाँ-हाँ, बड़ी बुरी बात है। जब देखो, तब यह कुछ-न-कुछ बेवकूफ़ी ही करते रहते हैं।

माशा : *(अपने आप ही पढ़ती है)*...समुद्र के एक ढालू किनारे पर हरा-हरा शाह-बलूत का पेड़ खड़ा है, बलूत के एक पेड़ पर सोने की जंजीर है...उस बलूत पर सोने की जंजीर है...*(धीरे-धीरे गुनगुनाती हुई उठ खड़ी होती है)*

ओल्गा : माशा, तुम आज नहीं चहक रहीं।

(माशा गुनगुनाती हुई टोप पहनती है।)

ओल्गा : किधर चल दीं ?

माशा : घर।

इरीना : अनोखी बात है...

तुज़ेनबाख़ : ...कि कोई जन्म-दिन के प्रीतिभोज से उठकर यों चल दे, है न।

माशा : कोई बात नहीं, सन्ध्या को आ जाऊँगी...अच्छा बहन नमस्कार *(इरीना का चुम्बन लेती है)* एक बार फिर कामना करती हूँ कि तुम स्वस्थ और प्रसन्न रहो। पहले जब पिताजी ज़िन्दा थे तो जन्म-दिन के प्रीतिभोजों में तीस-चालीस अफ़सर हमारे यहाँ इकट्ठे हो जाया करते थे। बड़ा शोर-शराबा रहता था, लेकिन आज तो कुल डेढ़ आदमी हैं और निर्जन जैसा सन्नाटा है। मैं चलती हूँ। आज मैंने नीले कपड़े पहन रखे हैं। जी बड़ा उखड़ा-उखड़ा हो रहा है, इसलिए जो भी कहूँ उसका बुरा मत मानना *(आँखों में आँसू भरकर गाती है)* हम लोग फिर कभी बातें करेंगे...अच्छा तो अब नमस्कार बहन, मैं चलती हूँ...

इरीना : (झल्लाकर) अरे भई, तुम भी एक मुसीबत हो।

ओल्गा : *(रुँधे गले से)* माशा, मैं तुम्हारी बात समझती हूँ।

सोल्योनी : अगर कोई पुरुष दार्शनिकता बघारता है तो उसमें थोड़ा बहुत दर्शन या कम-से-कम दर्शनाभास ज़रूर होता है, लेकिन जब एक या दो औरतें, दार्शनिकता छौंकें तब तो भगवान ही मालिक है।

माशा : जनाब भूतनाथ साहब, क्या मतलब है आपके इस कहने का ?

सोल्योनी : कुछ नहीं, कुछ नहीं...*(किसी की पंक्ति उद्धृत करता है)* "कुछ भी कहने का समय नहीं, जब चढ़ा पीठ पर हो भालू"

(एक क्षण चुप्पी)

माशा : *(ओल्गा से नाराज़ होकर)* अब यह सिसकना बन्द करो।

(अनफीसा और फ़ैरापोंट का एक केक लेकर प्रवेश)

अनफ़ीसा : भैया इस तरफ...भीतर चले आओ...जूते तो तुम्हारे साफ़ हैं न ? *(इरीना से)* ग्राम-पंचायत से, मिखायल इवानिच पेवि की ओर से यह एक केक आपके जन्म-दिवस पर।

इरीना : धन्यवाद....उन्हें धन्यवाद...*(केक ले लेती है)*

फ़ैरापोंट : क्या कहा ?

इरीना : *(ऊँची आवाज़ में)* मेरी तरफ़ से उन्हें धन्यवाद दे देना।

ओल्गा : दाई माँ, इसे कुछ समोसे (पाई) दे दो। इनके साथ चले जाओ, ये तुम्हें समोसे दे देंगी।

फ़ैरापोंट : ऐं ?

अनफ़ीसा : फ़ैरापोंट स्पिरिदोनिच, मेरे साथ आ जाओ भैया, चले आओ।

(फ़ैरापोंट के साथ चली जाती है।)

माशा : मुझे यह प्रोतोपोपोव—क्या नाम है इस कम्बख़्त का ? मिखायल पोतापिच या इवानिच—पसन्द नहीं है। उसे बिल्कुल निमन्त्रित नहीं किया जाना चाहिए था।

इरीना : मैंने तो निमन्त्रित नहीं किया उसे।

माशा : बहुत अच्छा किया।

(शैबुतिकिन का प्रवेश। चाँदी का समोवार (अँगीठी) लिए हुए उसके पीछे-पीछे एक अर्दली आता है। आश्चर्य और झुँझलाहट का मिश्रित कोलाहल।)

ओल्गा : *(हाथों से चेहरा ढाँपते हुए)* समोवार ! हाय राम !

(भोजन के कमरे में मेज़ के पास चली जाती है।)

इरीना : आप भी किस चक्कर में पड़ गए ?

तुज़ेनबाख़ : *(हँसकर)* मैंने तो तुमसे पहले ही कहा था।

माशा : सचमुच, शैबुतिकिन दादा, तुम्हारे पास दिल नहीं है।

शैबुतिकिन : प्यारी बच्चियो, मेरी बेटियो तुम्हीं तो मेरी सब कुछ हो। अब मेरे लिए इस धरती पर सबसे क़ीमती ख़ज़ाना तुम्हीं तो हो। जल्दी ही मैं साठ का हो जाऊँगा। बुड्ढा आदमी हूँ...दुनिया में एकदम अकेला...निकम्मा बूढ़ा। तुम्हारे लिए प्यार के सिवा मेरे पास देने को कोई भी तो अच्छी चीज़ नहीं है। अगर तुम्हारे लिए यह प्यार भी न होता तो शायद मैं बहुत पहले मर गया होता...*(इरीना से)* मेरी बच्ची। बेटी, बिल्कुल बच्ची थी तबसे मैं तुझे जानता हूँ। मैंने तो तुझे अपनी गोद में खिलाया है। मुझे तुम्हारी प्यारी माता से भी बड़ा स्नेह था।

इरीना : लेकिन यह इतनी क़ीमती भेंट क्यों ले आए ?

शैबुतिकिन : *(रुँधे गले से नाराज़ी से)*...क़ीमती भेंट। अच्छा, भागो यहाँ से ! *(अर्दली को मेज़ की तरफ़ इशारा करके)* समोवार को वहाँ ले जाकर रख दो...*(नक़ल उतारते*

हुए) क़ीमती भेंट !

(अर्दली समोवार को खाने के कमरे में ले जाता है।)

अनफ़ीसा : *(कमरा पार करके)* बेटियो, एक कर्नल साहब आए हैं। कोई बिल्कुल नए से आदमी लगते हैं...ग्रेटकोट उतार चुके हैं। बेटियो, वे अभी यहाँ पहुँचने ही वाले हैं। इरीनुश्का बेटी, ज़रा तमीज़ और नम्रता से पेश आना *(बाहर जाते-जाते)* और खाने का भी वक़्त हो चुका है। हे भगवान हमारी भी सुनो।

तुज़ेनबाख़ : मेरा ख़याल है वैर्शिनिन होंगे।

(वैर्शिनिन का प्रवेश)

तुज़ेनबाख़ : कर्नल वैर्शिनिन।

वैर्शिनिन : *(माशा और इरीना से)* यह मेरा सौभाग्य है कि आज मुझे अपना परिचय देने का अवसर मिल रहा है। मेरा नाम वैर्शिनिन है। सच मुझे बहुत ही ख़ुशी है कि आज आपके यहाँ आ ही गया। अरे-रे...तुम लोग कितनी बड़ी हो गई हो ?

इरीना : मेहरबानी करके तशरीफ़ रखिए। आपके दर्शन करके हमें भी बड़ी ही ख़ुशी हुई।

वैर्शिनिन : (उमग कर उत्साह से) खुद मुझे कितनी ख़ुशी है। आह, सचमुच मैं कितना खुश हूँ आज ! तुम लोग कुल तीन ही तो बहनें हो न ? ...तीन छोटी-छोटी गुड़ियों की तो मुझे ख़ूब याद है। चेहरे तो याद नहीं रहे; लेकिन मुझे ख़ूब याद है, तुम्हारे पिता कर्नल प्रोज़ोरोव के तीन लड़कियाँ थीं। तुम्हें मैंने खुद अपनी आँखों से देखा था। देखो न, समय कैसा उड़ता चला जाता है...हाँ-हाँ कैसा उड़ता ही चला जाता है।

तुज़ेनबाख़ : कर्नल वैर्शिनिन मॉस्को से तशरीफ़ ला रहे हैं।

इरीना : मॉस्को से ?...क्या आप सचमुच मॉस्को से आ रहे हैं ?

वैर्शिनिन : हाँ। तुम्हारे पिताजी वहाँ सेना के कमांडर थे। उन दिनों उसी सेना में मैं भी एक अफ़सर था *(माशा से)* तुम्हारा चेहरा...हाँ-हाँ, अब मुझे लगता है, थोड़ा-थोड़ा ध्यान आ रहा है।

माशा : लेकिन मुझे तो आपकी याद नहीं है।

इरीना : ओल्गा ! ओल्गा ! *(भोजन के कमरे से पुकारती है)* ओल्गा जल्दी से इधर तो आओ।

(ओल्गा भोजन के कमरे से ड्राइंगरूम में आती है)

इरीना : पता है, कर्नल वैर्शिनिन मॉस्को से तशरीफ़ ला रहे हैं।

वैर्शिनिन : अच्छा तो ओल्गा सर्जीएव्ना तुम्हीं हो न ?...सबसे बड़ी बहन। और तुम मार्या, फिर सबसे छोटी इरीना।

ओल्गा : आप मॉस्को से ही आ रहे हैं न ?

वैर्शिनिन : हाँ—मॉस्को में ही मैं पढ़ा-लिखा। वहीं नौकरी शुरू की। वर्षों वहाँ नौकरी की, फिर आख़िरकार मुझे सेना की जिम्मेदारी देकर यहाँ भेज दिया गया। देख ही रही हो, अब मैं यहाँ हूँ। ठीक-ठीक तो मुझे तुम्हारी याद नहीं है। बस इतना ही याद है कि तुम तीन बहनें थीं। तुम्हारे पिताजी का भी याद है ! अब भी अगर आँखें बन्द कर लूँ तो उन्हें ऐसे देखने लगूँगा, जैसे वे ज़िन्दा हों। मॉस्को में मैं तुम्हारे घर आया-जाया करता था।

ओल्गा : मेरा ख्याल है कि मुझे सभी की याद है। और अभी-अभी अचानक...

वैर्शिनिन : मेरा नाम अलैक्ज़ेन्द्र इग्नात्येविच है।

इरीना : अलैक्ज़ेन्द्र इग्नात्येविच। और आप मॉस्को से आ रहे हैं ? सचमुच कितनी मज़े की बात है।

ओल्गा : आपको पता है, हम लोग खुद वहीं जा रहे हैं ?

इरीना : उम्मीद है हम लोग शरदऋतु तक वहाँ पहुँच जाएँगे। मॉस्को हमारा अपना शहर है। वहीं हमारा जनम हुआ...पुरानी बासमानी स्ट्रीट में...*(दोनों आनन्द से हँस पड़ती हैं।)*

माशा : अपने शहर के किसी आदमी से अचानक, बिना उम्मीद के यों मिल जाना कैसा अच्छा लगता है। *(उत्सुकता से)* अब मुझे याद आया। ओल्गा तुम्हें याद है न, लोग किसी मजनूँ-मेजर के बारे में बातें किया करते थे ? आप उस समय लेफ्टिनेंट थे और किसी को प्यार करने लगे थे ? पता नहीं क्यों, सब आपको चिढ़ाने को 'मेजर' कहा करते थे।

वैर्शिनिन : *(हँसकर)* हाँ...हाँ, वही वही, मजनूँ मेज़र ही कहते थे मुझे।

माशा : तब तो आपके सिर्फ मूँछें-ही-मूँछें थीं। अरे, अब तो आप बिल्कुल बड़े-बूढ़े दिखाई देते हैं *(रुँधे गले से)* सच, आप कितने बूढ़े हो गए हैं।

वैर्शिनिन : हाँ, जब मैं 'मजनूँ-मेजर' के नाम से बदनाम था। तब जवान था, प्यार करता था। अब तो बहुत फ़र्क पड़ गया है।

ओल्गा : लेकिन बाल आपका एक भी नहीं पका। उम्र आपकी चाहे बढ़ गई हो पर बूढ़े जैसे तो नहीं लगते।

वैर्शिनिन : खैर, मैं अब तेतालीसवें साल में चल रहा हूँ। आपको मॉस्को छोड़े तो बहुत दिन हो गए होंगे ?

इरीना : ग्यारह साल ! पर अरी, माशा, तू रो क्यों रही है ? अजब लड़की है। *(रुँधे गले से)* मैं भी रोने लगूँगी।

माशा : पुरानी बासमानी स्ट्रीट पर !

ओल्गा : अरे, वहीं तो हम भी रहते थे।

वैर्शिनिन : कभी मैं निमैत्स्की स्ट्रीट पर रहता था। वहाँ से मैं लालाबारकों तक जाया करता था। रास्ते में एक बड़ा मनहूस-उजाड़-सा पुल पड़ता था। वहाँ पानी शोर करता रहता था। बिल्कुल अकेले आदमी का वहाँ दिल डूबने-सा लगता था *(कुछ देर रुककर)* और यहाँ पुल कैसा चौड़ा है। नदी भी क्या शानदार है। सचमुच बहुत ग़ज़ब की नदी है।

ओल्गा : सो तो है; लेकिन यहाँ बड़ी ठंड है। एक तो ऐसी ठंड, और ऊपर से डाँस-मच्छर।

वैर्शिनिन : उँह, छोड़ो भी ! यहाँ की आबहवा बड़ी अच्छी है—ठेठ रूसी; जंगल...नदियाँ...यहाँ भोज के पेड़ भी तो हैं... गम्भीर शान्त...मनमोहक भोज के पेड़। मुझे भोज का पेड़ सारे पेड़ों में अच्छा लगता है। वाक़ई, यहाँ रहने में मज़ा है। बस ज़रा विचित्र बात यही है कि स्टेशन पन्द्रह मील दूर है मगर ऐसा है क्यों ? कोई नहीं बताता।

सोल्योनी : मैं जानता हूँ। इसका कारण *(सब उसकी ओर देखते हैं)* क्योंकि मान लो अगर स्टेशन पास होता, तो, इतनी दूर नहीं होता और दूर इसीलिए है कि पास नहीं है।

(मनहूस-सी शान्ति छा जाती है।)

तुज़ेनबाख़ : ये अपने ही मज़ाकों पर फ़िदा हैं।

ओल्गा : अब मुझे आपका भी ध्यान आ रहा है हाँ, मुझे याद आ गया।

वैर्शिनिन : तुम लोगों की माँ से भी मेरा परिचय था।

शैबुतिकिन : बड़ी अच्छी औरत थीं बिचारी ! भगवान उन्हें स्वर्ग दे।

इरीना : अम्मा का दाह-संस्कार मॉस्को में ही हुआ था।

ओल्गा : माता मेरी के नए मन्दिर में।

माशा : आप लोग विश्वास करेंगे...? मैं अम्मा का चेहरा भी भूलता जा रहा हूँ। इसी तरह शायद लोग हमें भी थोड़े दिनों में भूल जाएँगे ! हमारे चेहरे उन्हें याद ही नहीं आया करेंगे।

वैर्शिनिन : हाँ, लोग हमें भी भूल जाएँगे। यही तो हमारी किस्मत है, लेकिन हम लोगों का इसमें कोई बस भी तो नहीं है ? आज जो कुछ हमें बहुत गम्भीर लगता है, बहुत महत्त्वपूर्ण और बहुत ही आवश्यक लगता है—एक दिन उसे कोई याद भी नहीं रखेगा, या वह बिल्कुल भी महत्त्वपूर्ण न लगेगा...*(एक क्षण चुप्पी)* और मजा यह है कि हम यह भी तो दावे के साथ नहीं कह सकते कि क्या-क्या बहुत महान और महत्त्वपूर्ण समझा जाएगा और किसे तुच्छ और हास्यास्पद का दर्जा मिलेगा। पहले-पहल कापर्नीकस या कोलम्बस की खोजें क्या हमें व्यर्थ और मूर्खतापूर्ण नहीं लगती थीं ? और यह वही समय रहा होगा जब अपने को तीसमार खाँ लगानेवाले किसी बज्रमूर्ख की लिखी बकवास में शाश्वत-सत्य के दर्शन होते होंगे। हो सकता है आज जिस ज़िन्दगी को हम इतनी ललक और स्वाभाविकता से ग्रहण किए हुए हैं, वही किसी समय बड़ी विचित्र, बड़ी कष्टकर, अर्थहीन, गन्दी और यहाँ तक कि शायद गुनाहों से भरी हुई लगने लगे।

तुज़ेनबाख़ : कौन जाने ? हो सकता है हमारा ही युग महान माना जाए और इसे ही अत्यन्त आदर से याद किया जाए। देखिए न, आज पहले जैसे यातनाएँ देने के तहख़ाने नहीं हैं। आज दल के दल लोगों को फ़ाँसी पर नहीं लटका दिया जाता, रोज़-रोज़ चढ़ाइयाँ नहीं होतीं। यहाँ सब कुछ है; मगर फिर भी चारों तरफ़ दुख-दर्द छाया है।

सोल्योनी : *(एक़दम आवाज़ पंचम पर चढ़ाकर जैसे मुर्गों को दाना खिला रहा हो...)* कक्...कक्...कक्, हमारे बैरन साहब को तो फ़लसफ़ेबाज़ी ही गोश्त मक्खन है...इसके बाद

इन्हें किसी खाने की ज़रूरत नहीं रहती।

तुज़ेनबाख़ : वैसिली वैसिल्येविच, मैंने तुमसे कहा था कि मेरा पीछा छोड़ दो। *(दूसरी कुर्सी पर जा बैठता है)* आख़िर इस सबकी भी हद होती है !

सोल्योनी : *(वैसी ही ऊँची आवाज़ में)*—कक्...कक्...कक्।

तुज़ेनबाख़ : *(वेर्शिनिन से)* लेकिन कितने अफ़सोस की बात तो यह है कि आज जिधर देखें उधर यही लगता है मानो हमारा समाज आज एक खास नैतिक सतह पर आकर ठहर गया है।

वेर्शिनिन : जी हाँ...जी हाँ...बेशक।

शैबुतिकिन : बैरन साहब, अभी तुमने कहा कि हमारा युग बहुत बड़ा माना जाएगा; लेकिन दूसरी ओर देखो। हमारे युग का मनुष्य कितना छोटा हो गया है। *(खड़ा हो जाता है)* देखो न, मैं कितना छोटा हूँ ?

(नेपथ्य में वॉयलिन बजता है।)

माशा : यह वॉयलिन हमारे आन्द्रे भैया बजा रहे हैं।

इरीना : परिवार भर में वही सबसे अधिक विद्वान हैं। हमें तो उम्मीद है वे ज़रूर कहीं-न-कहीं प्रोफ़ेसर हो जाएँगे। पिताजी तो फ़ौजी आदमी थे—मगर उनके बेटे ने पढ़ने-लिखने की लाइन चुनी है।

माशा : पिताजी की ही तो इच्छा थी यह।

ओल्गा : आज हम सब उन्हें ख़ूब चिढ़ा रही थीं। हमें लगता है उन्हें मुहब्बत का रोग लग गया है।

इरीना : यहीं एक लड़की रहती है—उसके साथ...। शायद, वह भी आज यहाँ आए।

माशा : उफ़, कैसे कपड़े पहनती है वह। अगर कपड़े बेढंगे या पुराने फ़ैशन के हों—तब भी कोई बात नहीं; लेकिन उन्हें देखकर तो बस दया आती है...बड़ा अजब-अजब चटक पीले रंग का लहँगा, उसमें लगी बड़ी गँवारू-सी झालर और लाल ब्लाउज...उसके गाल ऐसे रगड़े हुए रहते हैं कि दूर से चमकते हैं...आन्द्रे भैया उसके प्यार-व्यार के चक्कर में नहीं हैं...नहीं, मैं नहीं मान सकती...हाँ कुछ-कुछ यों ही, सिर्फ मन बहलाव के लिए उनका थोड़ा सा झुकाव ज़रूर उधर है। वह भी तो हमें चिढ़ाते और बुद्धु बनाते हैं। मैंने तो कल यह सुना

कि—ग्राम-पंचायत के सरपंच प्रोतोपोपोव से उसकी शादी होने जा रही है। हो जाए तो पाप कटे... *(बगल में दरवाज़े पर जाकर)* आन्द्रे भैया, भैया, ज़रा एक मिनट को इधर तो आइए।

(आन्द्रे का प्रवेश)

ओल्गा : ये हमारे भाई आन्द्रे सर्जीएविच् हैं।

वैर्शिनिन : मेरा नाम वैर्शिनिन है।

आन्द्रे : और मेरा प्रोज़ोरोव है *(मुँह का पसीना पोंछता है)* आप ही तो हमारी फौज के नए कमांडर हैं न ?

ओल्गा : आन्द्रे भैया, ज़रा सोचो तो सही, कर्नल साहब, मॉस्को से आ रहे हैं।

आन्द्रे : सचमुच ? अच्छा, तब तो मेरी बधाई लें ! अब मेरी बहनें आपको चैन से नहीं बैठने देंगी।

वैर्शिनिन : आपकी बहनों को मैं पहले ही काफ़ी उबा चुका हूँ।

इरीना : देखिए, आन्द्रे भैया ने आज मुझे कैसा सुन्दर चित्र का फ्रेम दिया है *(चौखटा दिखाती है)* यह इन्होंने ख़ुद ही बनाया है।

वैर्शिनिन : *(चौखटे को देखकर जैसे समझ में न आ रहा हो कि क्या बोले—)* हाँ...सचमुच यह कमाल की चीज़ है।

इरीना : और उधर पियानो के ऊपर जो फ्रेम रखा है, वह भी इन्होंने ही बनाया है।

(आन्द्रे निराशा से हाथ झटकारता है और एक ओर चला जाता है।)

ओल्गा : भैया विद्वान् तो हैं ही, वायलिन भी बजाते हैं। महीन तारवाली आरी से दुनिया-भर की चीज़ें बना लेते हैं। सचमुच ये हरफ़नमौला हैं। आन्द्रे भैया, भागो मत। ये हैं इनके ढंग ! हमेशा कतराने की कोशिश करते हैं। यहाँ आओ न...।

(माशा और इरीना उसकी बाँहें पकड़कर हँसती हुई लौटा लाती हैं।)

माशा : आओ—आओ।

आन्द्रे : मुझे छोड़ दो—मेहरबानी करके छोड़ दो !

माशा : बड़े अजब हो तुम भी भैया ! लोग कर्नल-साहब को तो कभी 'मजनूँ मेजर' कहकर चिढ़ाया करते थे, लेकिन इन्हें तो कभी बुरा नहीं लगा...।

वैर्शिनिन : रत्ती-भर नहीं।

माशा : मैं तो तुम्हें 'मजनूँ-वायलनवादक' कहूँगी।

इरीना : 'मजनूँ-प्रोफ़ेसर'।

ओल्गा : (लय के साथ) हमारे भैया मुहब्बत के चक्कर में हैं। हमारे आन्द्रे भैया प्यार करते हैं।

इरीना : *(तालियाँ बजाती हुई)* आहा जी...सब लोग मिलकर कहो—हमारे भैया आन्द्रे प्यार करते हैं।

शैबुतिकिन : *(आन्द्रे के पीछे आकर उसकी कमर में बाँहें डालकर लिपट जाता है)* "प्रकृति ने हम लोगों का हृदय—प्यार के लिए किया निर्माण..."

(हँसता है, फिर जेब से अख़बार निकालकर पढ़ने लगता है।)

आन्द्रे : अच्छा बस। बहुत हो गया *(मुँह पोंछता है)* आज सारी रात मेरी आँख नहीं लगी। सुबह से ही—जिसको कहते हैं मन उखड़ा-उखड़ा होना, वैसा ही कुछ लग रहा है। रात को, सुबह चार बजे तक पढ़ता रहा, फिर बिस्तर पर जा लेटा—मगर कोई फायदा नहीं। कभी इसके बारे में सोचता, कभी उसके। इतने में ही देखा, रोशनी फैलने लगी। सूर्यदेव ने मेरे सोने के कमरे में प्रकाश उँड़ेलना शुरू कर दिया। मैं चाहता हूँ कि गर्मी-गर्मी, जब तक मैं यहाँ हूँ, अंग्रेज़ी से एक किताब अनुवाद कर डालूँ।

वैर्शिनिन : तो आप अंग्रेजी पढ़ लेते हैं ?

आन्द्रे : जी हाँ, भगवान् भला करे, हमारे पिताजी ने पढ़ा-पढ़ाकर हमारा दम निकाल लिया। बात ज़रा बेढंगी और बेहूदी है, लेकिन मैं मानता हूँ उनकी मृत्यु के बाद मैं फूलने लगा था। एक ही साल में मैं तो फूलकर कुप्पा हो गया हूँ : जैसें मेरे ऊपर से किसी ने कोई भारी पत्थर उठा लिया हो, लेकिन आज पिताजी की ही बदौलत हम लोग फ्रेंच, इंगलिश, जर्मन सब जानते हैं। इरीना तो इटालियन भी पढ़ लेती है—लेकिन कितनी क़ीमत हमें इस पढ़ने की चुकानी पड़ी है हम ही जानते हैं।

माशा : इस शहर में तीन भाषाएँ जानना शान की बात है। शान ही नहीं—छठी उँगली की तरह बेकार का बोझ है। यहाँ तो हम अगर बहुत कुछ जानते हैं, तो सब

फ़ालतू है।

वेर्शिनिन : वाह ! क्या ख़ूब ! *(हँसता है)* यानी अगर हम बहुत कुछ जानते हैं तो फ़ालतू है ! भाई, मेरे ध्यान में तो कोई ऐसा जाहिल और जड़ शहर नहीं आता जिसमें पढ़े-लिखे और समझदार लोगों को इस तरह फ़ालतू समझा जाता हो। अच्छा, मान लीजिए इस शहर में एक लाख लोग रहते हैं—ये सबके सब निश्चित रूप से असभ्य और पिछड़े हुए हैं और आपकी तरह के सिर्फ तीन ही व्यक्ति हैं। कहने की ज़रूरत नहीं है कि अपने चारों ओर फैले भयानक अँधेरे के दल को आप नहीं जीत पाएँगे। धीरे-धीरे जैसे-जैसे दिन बीतते जाएँगे और आपकी ज़िन्दगी कटती जाएगी, आप भी इसी भीड़ में खो जाएँगे, यानी घुल-मिल जाएँगे। आपको इनके सामने झुकना पड़ेगा। लेकिन जीवन आपकी अच्छाइयों को ले लेगा। फिर भी ऐसा नहीं है कि आपका कोई नामो-निशान ही न रहे। नहीं; हो सकता है आपके बाद, आप जैसे छह और हों, फिर बारह हों—और इसी तरह उस समय तक बढ़ते चले जाएँ जब तक उन्हीं की संख्या अधिक न हो जाए। दो-तीन सौ साल में तो धरती पर जीवन ऐसा मधुर और सुन्दर हो जाएगा कि हम कल्पना भी नहीं कर सकते। वास्तव में ऐसी ही ज़िन्दगी की तो मनुष्य को आवश्यकता है। मान लिया ऐसा जीवन मनुष्य को अभी तक नहीं मिला; लेकिन उसके दिल में उसका अहसास होना चाहिए, आशा होनी चाहिए, सपने होने चाहिए—उसी जीवन के लिए उसे तैयारी करनी चाहिए, क्योंकि उसे खुद देखना-समझना चाहिए कि अपने बाप-दादाओं के मुक़ाबले उसका ज्ञान अधिक है *(हँसता है)* और एक आप हैं। आपकी शिकायत है कि जो कुछ भी ज़्यादा आप जानते हैं सब फ़ालतू है !

माशा : *(टोप उतारकर)* अब तो मैं खाना खाकर ही जाऊँगी।

इरीना : *(ठंडी साँस भरकर)* सचमुच किसी को इन सारी बातों को लिख डालना चाहिए।

(आन्द्रे इस बीच चुपचाप खिसक जाता है।)

तुज़ेनबाख़ : आपने बताया कि कुछ सालों बाद धरती पर जीवन

बहुत मधुर और सुन्दर हो जाएगा। बात ठीक है, लेकिन वह समय चाहे जितना दूर क्यों न हो, उसमें अपना थोड़ा-बहुत हिस्सा लगाने के लिए हरेक को अभी से तैयारी करनी चाहिए, काम करना चाहिए।

वैर्शिनिन : जी हाँ—जी हाँ ! आपके यहाँ कितने सारे फूल हैं ! *(चारों ओर देखते हुए)* और कमरे कैसे सुन्दर हैं। मुझे तो आपसे रश्क होता है। यहाँ एक हम हैं कि एक सोफ़ा, दो कुर्सियाँ और धुआँ देनेवाला स्टोव लिए हुए जब देखो तब ज़िन्दगी भर एक से एक गन्दे मकानों से टकराते रहे हैं। ऐसे फूल तो ज़िन्दगी में कभी आए ही नहीं...*(हाथ मलते हुए)* लेकिन खैर, यह सब सोचने से फ़ायदा भी क्या ?

तुज़ेनबाख़ : हाँ, हाँ, हरेक को काम करना चाहिए। मैं शर्तिया कहता हूँ कि आप ज़रूर सोच रहे होंगे कि मेरे भीतर का जर्मन इस समय भावुक हो उठा है ! लेकिन क़सम से कहता हूँ कि मेरा रोम-रोम रूसी है। जर्मन बोल तक नहीं सकता—मेरे पिताजी परम्परागत चर्च में विश्वास करते थे।

(कुछ क्षण चुप्पी)

वैर्शिनिन : *(मंच पर टहलते हुए)* कभी-कभी मैं सोचता हूँ कि अगर हमें फिर से अपनी ज़िन्दगी शुरू करनी होती और ख़ूब सोच-समझकर हम लोग उसे शुरू करते तो कैसा होता ? काश, एक बार की जी हुई ज़िन्दगी जल्दी-जल्दी में लिखी गई रफ़ स्केच मानी जाती और दूसरी बार शुरू की गई ज़िन्दगी सुधरी-संशोधित (फ़ेयर-कॉपी) होती !...मैं कल्पना करता हूँ कि उस समय हममें से हरेक की यही कोशिश होती कि अपने किए को दुहराएँ नहीं और जैसे भी हो जीवन के लिए एक नया ख़ाका बनाएँ। तब शायद वह अपने लिए ऐसा ही एक मकान बनवाता जिसमें ख़ूब झकाझक रोशनी होती और ढेर-के-ढेर फूल होते। मेरे एक पत्नी और दो छोटी-छोटी बच्चियाँ हैं। इधर पत्नी की तबीयत कुछ गड़बड़ चल रही है, लेकिन अगर मुझे फिर से जीवन शुरू करने को मिले तो मैं एकदम शादी ही न करूँ नहीं—बिल्कुल नहीं।

(स्कूलमास्टर के कपड़ों में कुलिगिन का प्रवेश।)

कुलिग़िन : *(इरीना के पास जाकर)* इरीना, जन्म-दिन के अवसर पर मेरी बधाइयाँ लो। मैं आपके स्वास्थ्य की कामना करता हूँ और प्रार्थना करता हूँ कि आपकी उम्र की लड़कियों के जो भी स्वप्न होते हैं—वे सबके सब पूरे हों। लीजिए, आपको भेंटस्वरूप यह छोटी सी किताब है *(उसे किताब देता है)* अपने हाईस्कूल का पचास साल का इतिहास है। मैंने ही लिखा है। बड़ी तुच्छ और साधारण-सी किताब है—लिखी इसलिए गई कि और कुछ करने को मेरे पास था नहीं। ख़ैर, फिर भी आप इसे पढ़ सकती हैं। भाइयो नमस्कार ! *(वैर्शिनिन से)* मेरा नाम कुलिग़िन है, मैं यहाँ हाईस्कूल में मास्टर हूँ, *(इरीना से)* इस किताब में आपको उन सब लोगों के नामों की सूची भी मिलेगी जिन्होंने पिछले पचास सालों में हमारे यहाँ से हाईस्कूल किया है।

(माशा का चुम्बन लेता है।)

इरीना : अरे, लेकिन अभी ईस्टर पर ही तो तुमने मुझे यह किताब दी है।

कुलिग़िन : *(हँसकर)* कभी नहीं हो सकता। अच्छा, अगर यही बात है तो इसे मुझे लौटा दीजिए या और भी अच्छा हो कर्नल साहब को इसे दे दीजिए। लीजिए कर्नल साहब, मेहरबानी करके इसे ले लीजिए, जब कभी आपका मन न लग रहा हो, तो इसे पढ़ डालिए।

वैर्शिनिन : धन्यवाद *(जाने की तैयारी करते हुए)* मुझे आपसे परिचय प्राप्त करके बड़ी ही ख़ुशी हुई।

ओल्गा : तो आप जा रहे हैं क्या ? नहीं...नहीं।

इरीना : आपको हमारे साथ खाना खाने के लिए तो रुकना ही पड़ेगा। रुकिए न !

ओल्गा : हाँ-हाँ, रुक जाइए न !

वैर्शिनिन : *(ज़रा आदर से झुककर)* शायद अचानक मैं आपके जन्मदिन पर ही आ गया हूँ। क्षमा कीजिए मुझे यह पता नहीं था, इसीलिए मैंने आपको बधाई नहीं दी।

(ओल्गा के साथ भोजन के कमरे में चला जाता है।)

कुलिग़िन : बन्धुओ, आज इतवार का दिन है—आराम का दिन है। आइए हम लोग अपनी-अपनी हैसियत और उम्र के

अनुसार आराम करें और मज़े उड़ाएँ...इन गलीचों को गर्मियों भर के लिए उठा देना चाहिए और जाड़ा आने तक इन्हें दूर ही रखना चाहिए। इनमें या तो फ़ारसी-पाउडर छिड़क देना चाहिए या नैप्थलीन की गोलियाँ डाल देनी चाहिए, इसीलिए तो रोम के लोग इतने तन्दुरुस्त और मस्त होते थे कि वे जानते थे, काम और आराम कैसे होता है—उनके स्वस्थ शरीर में उनके जीवन की कुछ जानी-पहचानी रूपरेखाएँ थीं। उनका शरीर एक ख़ास ढर्रे में ढला हुआ था। हमारे स्कूल के हेडमास्टर साहब कहते हैं कि जीवन में सबसे महत्त्वपूर्ण चीज़ है उसका रूप-निर्माण। जिस चीज़ का कोई रूप नहीं होता वह समाप्त हो जाती...ठीक यही हमारे दैनिक जीवन का हाल है—*(हँसते हुए माशा की कमर में हाथ डाल देता है)* माशा मुझे प्यार करती है। मेरी बीवी मुझे प्यार करती है ! और हाँ, गलीचों के साथ-साथ वह खिड़कियों के पर्दे भी हट जाने चाहिए। आज मेरा दिल आनन्द से नाच रहा है। मन बड़ा खुश है। माशा आज शाम को चार बजे हमें हैडमास्टर साहब के यहाँ जाना है...मास्टरों और उनके परिवार के लिए सैर-सपाटे का इन्तजाम किया गया है।

माशा : मैं तो नहीं जाती।

कुलिगि़न : *(दुखी होकर)* प्यारी माशा, क्यों नहीं चलोगी ?

माशा : अच्छा, इसके बारे में बाद में बातें करेंगे *(गुस्से से)* अच्छी बात है, चली चलूँगी, मगर अब तो मेहरबानी करके मेरी जान छोड़ दो।

(चली जाती है।)

कुलिगि़न : और फिर हम लोग हेडमास्टर साहब के यहाँ सन्ध्या बिताएँगे। अपनी नाजुक तन्दुरुस्ती के बावजूद यह आदमी लोगों से घुलने-मिलने के तरीके निकालता रहता है। बहुत ही सज्जन और महान व्यक्ति है। कमाल का आदमी है। कल मीटिंग के बाद बोला—"फ़्योदोर इल्यिच, मैं तो परेशान हो उठा हूँ—थक गया हूँ।" *(पहले दीवार घड़ी को फिर अपनी कलाई को देखता है)* आप लोगों की घड़ी सात मिनट तेज़ है। हाँ, तो वह बोला—"हाँ भाई, मैं परेशान हो उठा हूँ।"

(नेपथ्य में वॉयलिन बजने का स्वर)

ओल्गा : भाईयो, अब खाने के लिए चलिए...आज पाई (समोसे) बनी है !

कुलिगिन : वाह ओल्गा, वाह। कल मैं सुबह पौ फटने से लेकर रात के ग्यारह बजे तक काम करता रहा—थककर चूर-चूर हो गया। आज तो मन में बड़ा ही उल्लास है। *(खाने के कमरे में मेज़ के पास चला जाता है)* वाह प्रिये।

शैबुतिकिन : *(अख़बार को तह करके जेब के हवाले करता है और दाढ़ी को उँगलियों से सुलझाते हुए)* क्या कहा ? पाई। तब तो मज़ा आ गया !

माशा : *(शैबुतिकिन से सख़्ती से)* लेकिन ध्यान रखिए, आज आप पिएँगे बिल्कुल भी नहीं। सुना आपने ? आपके लिए पीना अच्छा नहीं है।

शैबुतिकिन : अरे यह सब पुराने पचड़े छोड़ो भी ! अब तो मुझे पिये हुए दो साल होने आए *(बेसब्री से)* मारो गोली...इससे क्या होता है ?

माशा : होता हो या न होता हो पर आप एक बूँद भी नहीं पिएँगे—समझे ! एक बूँद भी नहीं। *(गुस्से से, लेकिन इस तरह कि पति न सुन ले)* भाड़ में जाए ! फिर वही...सारी शाम उस हेडमास्टर के यहाँ जाकर कुढ़ो।

तुज़ेनबाख़ : आपकी जगह मैं होता तो कभी न जाता, क़िस्सा खत्म हुआ।

शैबुतिकिन : मत जाओ...प्यारी।

माशा : ठीक है, ठीक है। आपका इतना ही कहना काफ़ी है कि "मत जाओ।"...कैसी कम्बख़्त ज़िन्दगी है...अब तो सहा नहीं जाता !

(खाने के कमरे में जाती है।)

शैबुतिकिन : *(उसके पीछे-पीछे चलते हुए)* आइए-आइए।

सोल्योनी : *(भोजन के कमरे में पहुँचकर)* अहा चुक्...चुक्...चुक्...

तुज़ेनबाख़ : *(सोल्योनी से)* बहुत हो चुका, मैं कहता हूँ—अब बस करो !

सोल्योनी : अहा, चुक्...चुक्...चुक्

कुलिगिन : *(प्रसन्नता से)* कर्नल साहब, यह आपकी तन्दुरुस्ती के लिए। मैं स्कूल में मास्टर होने के अलावा इस परिवार

का एक सदस्य भी हूँ। मैं माशा का पति...बड़ी सहृदय है बेचारी। बहुत ही दयालु।

वेर्शिनिन : मैं तो थोड़ी-सी यह काले रंग की वोद्का लूँगा *(पीता है)* आपकी तन्दुरुस्ती के लिए *(ओल्गा से)* सचमुच, आज आप सब लोगों के साथ मिलकर मुझे बड़ी ही ख़ुशी हुई।

(इरीना और तुज़ेनबाख़ के सिवा ड्राइंगरूम में कोई भी नहीं है।)

इरीना : आज माशा बड़ी मुरझाई-मुरझाई है। अठारह साल की उम्र में उसकी शादी हो गई। उन दिनों तो वह इस कुलिगिन को ही सबसे विद्वान् व्यक्ति समझती थी, लेकिन अब वह बात नहीं रही...दिल का यह अच्छा आदमी हो सकता है; लेकिन है बुद्धू।

ओल्गा : *(अधीरता से)* आन्द्रे भैया—आओ न !

आन्द्रे : *(नेपथ्य से)* आ रहा हूँ ! *(प्रवेश करके मेज़ तक चला जाता है।)*

तुज़ेनबाख़ : क्या सोच रही हो ?

इरीना : कुछ नहीं। मुझे तुम्हारा यह सोल्योनी अच्छा नहीं लगता। मुझे इससे डर लगता है। ऐसी बेवकूफ़ी की बातें कहता रहता है कि...

तुज़ेनबाख़ : विलक्षण आदमी है। मुझे इस पर दया भी आती है और झुँझलाहट भी; लेकिन दया ज़्यादा आती है। मुझे तो लगता कि यह झेंपू और शर्मीला है...अकेले में तो बड़ी समझदारी और अपनत्व-भरी बातें करेगा, लेकिन जब भी मित्रों के बीच में होता है तो वही जंगली और झगड़ालूपने की बातें। अभी से मत जाओ—उन लोगों को मेज़ पर बैठ तो लेने दो। सुनो, मुझे अपने पास बैठाना। सोच क्या रही हो तुम ? *(कुछ देर चुप रहकर)* तुम बीस की हो और मैं अभी-अभी तीस का हुआ हूँ। कितने साल पड़े हैं अभी हम लोगों के सामने ? तुम्हारे लिए मेरे हृदय के प्यार से भरे दिनों की लम्बी चली जाती लड़ी सामने पड़ी है।

इरीना : निकोलाय ल्योविच, मुझसे प्यार की बातें मत करो।

तुज़ेनबाख़ : मुझमें जीवन के लिए, संघर्ष के लिए, काम के लिए एक दुर्निवार उत्कट लालसा है और यह लालसा तुम्हारे प्यार

के साथ मिलकर मेरी आत्मा के रेशे-रेशे में समा गई है। इरीना, अपना सारा जीवन मुझे सिर्फ़ इसलिए सुन्दर लगता है कि तुम सुन्दर हो। आख़िर सोच क्या रही हो तुम ?

इरीना : तुम कहते हो जीवन सुन्दर है...ठीक है, लेकिन उसके सुन्दर लगने से ही क्या होता है ? हम तीनों बहनों के लिए अभी तक के जीवन में क्या सुन्दर है ?—जैसे पौधे को दीमक खा जाती है इसी तरह हम तीनों जीवन के हाथों में घुटती रही हैं।...अरे लो, मैं तो रोने भी लगी—मुझे रोना नहीं चाहिए... *(जल्दी से आँसू पोंछ डालती है और मुस्कुराती है)* मुझे काम करना चाहिए, जमकर काम करना चाहिए। हम जो दबे-घुटे से हैं और जीवन को ऐसी निराश उदास आँखों से देखते हैं—यह इसीलिए कि हम लोग परिश्रम करना नहीं जानते। हम तो परिश्रम से घृणा करनेवाले लोगों के वंशज हैं...

(नताल्या आइवानोव्ना का प्रवेश। कपड़े गुलाबी हैं, लेकिन कमर में पटका हरा बँधा है।)

नताल्या : अरे, यहाँ तो लोग खाने के लिए मेज़ पर बैठ भी गए। मुझे देर हो गई *(चुपचाप शीशे में अपने आपको देखकर कपड़े ठीक-ठाक करती है)* बात तो शायद ठीक है *(इरीना को देखकर)* इरीना सर्जएव्ना बहन, मेरी बधाई लो। *(बड़े ज़ोर से लम्बा सा चुम्बन लेती है)* आज तो तुम्हारे यहाँ बड़े लोग आए हैं...मुझे तो सच, बड़ी झेंप लग रही है। बैरन साहब, नमस्कार।

ओल्गा : *(ड्राइंग रूम में आते हुए)* अरे, नताल्या आइवानोव्ना तो यहाँ हैं। कहो कैसी हो बहन ? *(उसे चूमती है।)*

नताशा : जन्म-दिन पर मेरी बधाई। आपके यहाँ इतनी बड़ी पार्टी जमी है ...मुझे तो बड़ी झेंप लग रही है।

ओल्गा : हिश्ट, अरे यह तो सभी अपने ही लोग हैं *(ज़रा चौंककर, धीरे से)* तुमने हरा पटका कमर में बाँध रखा है। यह अच्छा नहीं लगता बहन।

नताशा : क्यों ? अपशकुन होता है क्या ?

ओल्गा : नहीं-नहीं, और कोई बात नहीं है, यह तुम्हारे कपड़ों से मेल नहीं खाता। बेमेल-सा लगता है।

नताशा : *(रुँधे स्वर में)* सच ? लेकिन वास्तव में यह हरा कहाँ

है ? यह तो एक तरह से फ़ीके रंग का है।

(ओल्गा के पीछे-पीछे खाने के कमरे में जाती है।)

(खाने के कमरे में सब लोग खाने के लिए बैठे हैं। ड्राइंगरूम में कोई भी नहीं है।)

इरीना : मेरी कामना है, तुम्हें अच्छा सा दूल्हा मिले। अब तो तुम शादी के बारे में सोच डालो।

शैबुतिकिन : नताल्या आइवानोव्ना, हम लोग आशा लगाए हैं कि आपकी सगाई का समाचार भी मिले।

कुलिग़िन : नताल्या आइवानोव्ना ने पहले से ही वर खोज रखा है।

माशा : *(अपने काँटे से प्लेट को बजाती हुई)* भाइयों और बहनो, अब मैं एक भाषण देना चाहती हूँ...। जैसी भी हो यह ज़िन्दगी हमें एक ही बार मिलती है...

कुलिग़िन : अशिष्ट आचरण के लिए तुम्हारे तीन नम्बर कटने चाहिए।

वैर्शिनिन : यह शराब बड़ी ज़ायकेदार है। किसकी बनी है ?

सोल्योनी : गुबरैले की।

इरीना : *(रुँधे गले से)* छीः-छीः कैसी घिनौनी बात बोलते हो ?

ओल्गा : आज हम लोग खाने के साथ तुर्की कबाब और सेव की पाई खाएँगे। खुदा का शुक्र है कि आज मैं सारे दिन घर ही रही हूँ। शाम को भी घर ही रहूँगी...बन्धुओ, साँझ की भी क्या आप लोग नहीं आएँगे ?

वैर्शिनिन : इज़ाज़त हो तो मैं आ सकता हूँ ?

इरीना : ज़रूर-ज़रूर, आइए।

नताशा : सारे लोग बहुत बेतकल्लुफ़ हैं।

शैबुतिकिन : ''प्रकृति ने हम लोगों का हृदय, प्यार के लिए किया निर्माण''

(हँसता है)

आन्द्रे : *(झुँझलाकर)* अब बस बन्द करो ! आश्चर्य है कि आप लोगों का मन नहीं ऊबा इस सबसे ?

(फ़ैदोतिक और रोदे का एक बड़ी-सी फूलों भरी डलिया के साथ प्रवेश।)

फ़ैदोतिक : मैं कहता था न, यहाँ खाना भी शुरू हो चुका है।

रोदे : *(ज़ोर से तुतलाता हुआ बोलता है)* खाना शुरू हो गया ? अरे हाँ, यहाँ तो सब लोगों ने खाना भी शुरू कर दिया।

फ़ैदोतिक : अच्छा एक मिनट ज़रा ठहरिए *(एक फ़ोटो लेता है)* एक, अब एक मिनट और ज़रा ठहरिए—*(दूसरा फ़ोटो लेता है)* दो। बस, अब मेरा काम हो गया *(डलिया उठाकर दोनों खाने के कमरे में आते हैं—यहाँ इनका बड़ी ज़ोर-शोर से स्वागत होता है।)*

रोदे : *(चीख़कर)* मेरी बधाइयाँ ! भगवान करे आपकी सारी-सारी इच्छाएँ पूरी हों। अहा, कैसा मज़े का शानदार मौसम है ! आज मैं हाईस्कूल के लड़कों के साथ सुबह से ही घूमने निकला हूँ। मैं उन्हें व्यायाम सिखाता हूँ।

फ़ैदोतिक : *(इरीना की तस्वीर खींचते हुए)* इरीना सर्जीएव्ना, अब चाहो तो हिल सकती हो। अब कोई बात नहीं। आज़ तो बड़ी सुन्दर लग रही हो तुम। *(जेब से एक लट्टू निकालते हुए)* हाँ, तो यह एक लट्टू है, बड़ी अद्भुत आवाज़ है इसकी...

इरीना : बहुत सुन्दर।

माशा : समुद्र के एक झुके हुए किनारे पर शाह बलूत का हरा पेड़ खड़ा है...बलूत के उस पेड़ पर सोने की जंजीर झूल रही है *(शिकायत भरे स्वर में)* मैं इसे क्यों दुहराए जा रही हूँ ? यही वाक्य सुबह से मेरे दिमाग़ में गूँजे जा रहा है...

कुलिगिन : मेज़ पर कुल तेरह जने हैं।

रोदे : *(ज़ोर से)* तेरह की गिनती अशुभ मानने के अन्धविश्वासों को आप निश्चित रूप से कोई महत्त्व नहीं देते होंगे ?

(सब हँस पड़ते हैं।)

कुलिगिन : जब मेज़ पर तेरह आदमी हों तो समझ लीजिए कि हाज़िर लोगों में से ज़रूर कोई किसी से प्यार करता है। शैबुतिकिन, यह व्यक्ति तुम तो हो नहीं सकते ? *(सब हँस पड़ते हैं।)*

शैबुतिकिन : मैं तो पुराना पापी हूँ ! लेकिन मेरी समझ में यह नहीं आता ये नताल्या आइवानोव्ना क्यों बग़लें झाँक रही हैं ?

(फिर सब हँस पड़ते हैं। पहले नताशा खाने के कमरे से भागकर ड्राइंगरूम में आ जाती है, पीछे-पीछे आन्द्रे आता है।)

आन्द्रे : रुको, इन सब बातों पर ध्यान मत दो। एक मिनट

रुको न, रुको, मैं प्रार्थना करता हूँ...

नताशा : मुझे तो झेंप लग रही है। पता नहीं क्या बात है मेरे साथ ? सारे लोग इसी का मज़ाक उड़ाते हैं। जानती हूँ इस तरह मेज़ से उठ भागना मेरी बदतमीज़ी है; लेकिन मेरा अपने पर बस नहीं है। मैं कुछ नहीं कर पाती।

(हाथों से चेहरा ढँक लेती है।)

आन्द्रे : सुनो, मेरी जान, मैं प्रार्थना करता हूँ, विनती करता हूँ घबराओ मत। विश्वास मानो वे लोग तो सिर्फ तुमसे मज़ाक कर रहे थे। पूरी हमदर्दी के साथ वह सब कह रहे थे। जानेमन, वे सभी बड़े दिलवाले हैं, बड़े हमदर्द लोग हैं। हमें तुम्हें, दोनों को बहुत चाहते हैं...इधर आ जाओ—खिड़की की तरफ़ यहाँ से वे हमें नहीं देख पाएँगे...*(चारों ओर देखता है।)*

नताशा : मुझे सभा-सोसाइटियों में उठने-बैठने की बिल्कुल भी आदत नहीं है।

आन्द्रे : वाह, क्या जवानी है...सलोनी...गदराई जवानी ! मेरी जान, मेरी प्रिय, इतना घबराओ मत—मेरी बात मानो, विश्वास करो। मुझे ऐसी खुशी हो रही है, कि मेरी आत्मा आह्लाद और उल्लास से उमगी आ रही है। अरे, हमें वे लोग नहीं देख सकते...ज़रा भी नहीं देख पाएँगे। अच्छा बताओ, मैं प्यार क्यों करता हूँ तुम्हें इतना ? पहले-पहल मैंने तुम्हारे लिए कब प्यार अनुभव किया था ? आह ! मुझे नहीं मालूम ! मेरी जान, मेरी स्वप्न, मेरी पावन-तम प्रिय, अब तुम मेरी सहचरी बन जाओ ! मैं तुम्हें प्यार करता हूँ...मैं तुम पर जान देता हूँ...मैंने ज़िन्दगी में किसी को कभी इतना प्यार नहीं किया।

(चुम्बन लेता है।)

(दो अफ़सरों का प्रवेश, लेकिन यह देखकर कि युगल-जोड़ी चुम्बन में व्यस्त है, आश्चर्य से ठिठक जाते हैं।)

(पर्दा गिरता है)

दूसरा अंक

[लगभग दो वर्ष बाद]

(पहले अंक का ही दृश्य। रात के आठ बजे हैं। नेपथ्य में, सड़क पर एक हल्का-हल्का सुनाई देता धौंकनीवाले बाजे का स्वर। मंच पर अँधेरा है। सोने के कपड़े पहने नताल्या आइवानोव्ना मोमबत्ती लेकर प्रवेश करती है। भीतर आकर आन्द्रे के कमरे के दरवाज़े पर खड़ी हो जाती है।)

नताशा : क्या कर रहे हो, पढ़ रहे हो ? नहीं, कुछ नहीं, मैंने यों ही पूछा...

(जाकर दूसरा दरवाज़ा खोलती है, उसमें झाँककर फिर उसे बन्द कर देती है।)

आन्द्रे : *(हाथ में किताब लेकर प्रवेश करता है)* क्या बात है नताशा ?

नताशा : मैं देख रही थी कि क्या यहाँ भी रोशनी जल रही है ? आज रास है न...नौकरों को अपने तन-बदन का होश

नहीं है। कहीं कोई गड़बड़ न हो जाए, इसलिए हमेशा चौकन्ना रहना पड़ता है। कल रात बारह बजे मैं खाने के कमरे की तरफ़ जा निकली तो देखा कि एक मोमबत्ती यों ही जली छूट गई थी। पता ही नहीं लग पाया कि उसे यों जलता किसने छोड़ दिया *(मोमबत्ती नीचे रख देती है)* बजा क्या है ?

आन्द्रे : *(घड़ी देखकर)* सवा आठ।

नताशा : और ओल्गा, इरीना अभी भी नहीं आईं। अभी तक बाहर हैं। बेचारियाँ अभी तक काम पर ही हैं। ओल्गा टीचरों की सभा में गई है और इरीना टेलिग्राफ़ ऑफ़िस में है। *(ठंडी साँस लेकर)* आज सुबह ही तो मैं तुम्हारी बहन से कह रही थी–"बहन इरीना, ज़रा अपनी भी देखभाल रखो," लेकिन वह है कि सुनती ही नहीं। तुमने सवा-आठ का ही तो समय बताया न ? मुझे लगता है हमारे मुन्ने बॉबिक की तबीयत पूरी तरह ठीक नहीं है। उसका बदन आज ऐसा ठंडा क्यों है ? कल तो बुख़ार में तप रहा था और आज उसका सारा शरीर ठंडा है। मुझे तो बड़ी चिन्ता हो रही है।

आन्द्रे : सब ठीक है नताशा, बच्चा बिल्कुल ठीक है।

नताशा : ख़ैर, उसके खाने-पीने के बारे में हम लोग ज़रा और सावधान रहें तो अच्छा हो। मुझे तो बड़ी चिन्ता है। सुना है, रास के अवसर पर नौ बजे बहुरूपिए भी यहाँ आनेवाले हैं। आन्द्रूशा, अच्छा हो वे न आएँ।

आन्द्रे : सचमुच, मैं कुछ नहीं जानता। तुम्हें तो पता ही है उन्हें निमन्त्रण देकर बुलाया गया है।

नताशा : मुन्ना सुबह ही जाग पड़ा था। मेरी तरफ़ देखता रहा–देखता रहा फिर एकदम मुस्कुरा दिया...मुझे पहचानने लगा है। मैंने कहा "मुन्ना !" "मुन्ना बाबू नमस्कार !" "नमस्कार बिटिया" तो वह हँस दिया। बच्चे सब समझते हैं। ख़ूब अच्छी तरह समझ जाते हैं। मैं तो आन्द्रूशा, रासवालों से कह दूँगी–बाबा, यहाँ मत आओ।

आन्द्रे : *(हिचकिचाकर)* यह सब काम तो बहनों का है। आज्ञा-वाज्ञा देने का काम तो उन्हीं का रहता है।

नताशा : हाँ-हाँ, उनका तो है ही। मैं उनसे कह दूँगी। वे बेचारी

तो बड़ी भली हैं। *(जाते हुए)* मैंने खाने के लिए मट्ठे को कह दिया है। डॉक्टर कहता है कि तुम्हें मट्ठे के सिवा कुछ नहीं छूना चाहिए—वर्ना तुम्हारी चर्बी कभी कम नहीं होगी, *(रुककर)* मुन्ने का शरीर बड़ा ठंडा है। मुझे लगता है, शायद इस कमरे में बहुत सीलन है। जैसे भी हो, गर्मियाँ आने तक हमें उसे किसी दूसरे कमरे में रखना चाहिए। इरीना वाला कमरा बच्चों के लिए बिल्कुल ठीक है। सीलन भी नहीं है, और दिन-भर उसमें धूप भी बनी रहती है। मैं उससे कहूँगी तो सही। थोड़े समय के लिए वह ओल्गा के कमरे में हिस्सा बँटा लेगी। ख़ैर, वैसे भी तो रात के सिवा वह कभी घर में रहती ही कहाँ है? *(कुछ देर चुप रहकर)* आन्द्रूशा, तुम बोलते क्यों नहीं ?

आन्द्रे : कुछ नहीं। मैं सोच रहा था, फिर आख़िर कहने को कुछ हो भी तो...

नताशा : अरे हाँ, मैं तुमसे जाने क्या कहनेवाली थी ? हाँ, हाँ...फ़ैरापोंट ग्राम-पंचायत से आया है—तुमसे मिलने को कहता है।

आन्द्रे : *(जँभाई लेकर)* भेज दो भीतर।

(नताशा बाहर चली जाती है। उसके द्वारा छोड़ी गई मोमबत्ती से झुककर आन्द्रे किताब पढ़ने लगता है। फ़ैरापोंट का प्रवेश। फटा-पुराना-सा ओवरकोट पहने है—कॉलर ऊपर उठे हैं और कानों में एक अँगोछा बाँध रखा है।)

आन्द्रे : नमस्कार भैया। क्या बात है ?

फ़ैरापोंट : चेयरमैन साहब ने एक किताब भेजी है और यह कोई काग़ज़ दिया है। *(किताब और लिफ़ाफ़ा देता है।)*

आन्द्रे : शुक्रिया। बहुत अच्छा ! लेकिन इतनी देर से क्यों आए ? आठ बज चुके हैं।

फ़ैरापोंट : ऐं ऽ ऽ ?

आन्द्रे : मैंने कहा, तुम बहुत देर में आए हो। आठ बज गए।

फ़ैरापोंट : सो ही तो। मैं तो अँधेरा होने से पहले ही आ गया था, लेकिन किसी ने भीतर ही नहीं आने दिया। बोले, मालिक काम कर रहे हैं। ठीक है, ठीक है अगर आप काम कर रहे हैं तो मुझे भी कोई जल्दी नहीं है, *(यह*

देखकर कि शायद आन्द्रे ने कुछ पूछा है) ऐं ऽ ऽ—क्या कहा ?

आन्द्रे : नहीं, कुछ नहीं *(किताब उलट-पलटकर देखता है)* कल शुक्रवार है। कोई बैठक तो नहीं है, फिर भी मैं कल आऊँगा। अपना *कुछ काम करूँगा...घर पर बैठे-बैठे मन भी तो ऊब जाता है। (कुछ देर रुककर)* बाबा, ज़िन्दगी कैसी विचित्र गति से बदलती जाती है और आदमी कैसा धोखे में बना रहता है ? आज कुछ करने को नहीं था, सो बैठे-बैठे मेरा मन नहीं लग रहा था। मैंने यह किताब उठा ली। विश्वविद्यालय के पुराने भाषण हैं। विश्वास करो, मेरी हँसी नहीं रुक पाई। है भगवान, मैं ग्राम-पंचायत का सेक्रेटरी हूँ—और प्रोतोपोव चेयरमैन हैं। आज सेक्रेटरी हूँ, और बड़ी-से-बड़ी आशा यही कर सकता हूँ कि किसी दिन पंचायत का मेम्बर हो जाऊँगा। सोचो तो सही, मैं और ग्राम पंचायत का मेम्बर ! जबकि हर रात सपने यह देखता रहता हूँ जैसे मैं मॉस्को यूनिवर्सिटी का प्रोफ़ेसर हूँ, एक प्रसिद्ध आदमी हूँ—जिस पर सारे रूस को गर्व है।

फ़ैरापोंट : मैं तो सरकार, कुछ कह नहीं सकता...मुझे सुनाई ही नहीं पड़ता।

आन्द्रे : अगर तुम ठीक-ठीक सुनते होते तो शायद मैं तुमसे ये बातें करता भी नहीं...। मुझे तो किसी-न-किसी से बात करनी ही है। मेरी पत्नी मुझे नहीं समझती। रहीं बहनें ?—न जाने क्यों, उनसे डरता हूँ। डरता हूँ कि वे मुझ पर हँसेंगी, मेरा मज़ाक उड़ाकर मुझे झेंपा देंगी। न मुझे पीने का शौक है...न होटलों-रेस्तराओं में घूमना मुझे पसन्द है।...फिर भी बाबा, मॉस्को के त्यैस्तोव होटल में बैठकर मुझे कैसा मज़ा आया ?

फ़ैरापोंट : पंचायत में एक ठेकेदार उस दिन बता रहा था कि मॉस्को में कुछ व्यापारी लोग तन्दूरी-नान खा रहे थे। उनमें से एक ने क़रीब चालीस खा डाले—और वहीं मर गया। ठीक से याद नहीं है, चालीस थे या पचास...

आन्द्रे : मॉस्को में तो यह हाल है कि आप होटल के बड़े भारी हॉल में जाकर बैठ जाइए। न वहाँ कोई आपको जानता है, और न आप ही किसी को जानते हैं, फिर भी ऐसा

नहीं लगेगा जैसे अजनबी हों, लेकिन यहाँ आप एक-एक आदमी को जानते हैं, फिर भी ऐसा लगता है जैसे बिल्कुल अपरिचित हों...अजनबी और बिल्कुल अकेले हों...

फ़ैरापोंट : ऐं ऽऽ ? *(कुछ देर चुप रहकर)* वही ठेकेदार कहता था, हो सकता ग़प हो, कि मॉस्को के एक सिरे से दूसरे तक एक ही तार फैला हुआ है।

आन्द्रे : किसलिए ?

फ़ैरापोंट : मुझे तो सरकार, पता नहीं है। ठेकेदार ही यह बात बता रहा था।

आन्द्रे : सब बकवास है ! *(पढ़ने लगता है)* तुम कभी मॉस्को में रहे हो ?

फ़ैरापोंट : *(कुछ देर चुप रहकर)* मैं तो मालिक, कभी नहीं रहा। भगवान की मर्ज़ी ही नहीं थी कि मैं वहाँ रहता *(चुप रहकर)* अब मैं चलूँ सरकार ?

आन्द्रे : अच्छा, जाओ। नमस्कार ! *(फ़ैरापोंट चला जाता है)* नमस्कार ! *(पढ़ते हुए)* कल सुबह आकर ये कुछ काग़ज़ ले जाना...जाओ...*(चुप रहकर)* यह तो चला गया ! *(दरवाज़े की घंटी बजती है)* हाँ, दुनिया ऐसे ही चलती है। *(अँगड़ाई लेकर धीरे-धीरे अपने कमरे में चला जाता है।)*

(नेपथ्य में एक दाई बच्चे को गोद में झुलाती हुई लोरी गा रही है। माशा और वैर्शिनिन का प्रवेश। वे बातें करते रहते हैं। उसी बीच में एक नौकरानी खाने के कमरे की मोमबत्तियाँ और लैम्प जलाती रहती है।)

माशा : *(चुप रहकर)* सचमुच, मुझे नहीं मालूम। बेशक़ आदत से भी बहुत कुछ हो जाता है। जैसे, पिताजी के बाद, घर में बिना अर्दलियों के काम चलाने की आदत के लिए हमें कितना समय लग गया, लेकिन आदत के अलावा, मैं समझती हूँ न्याय और सत्य की भावना भी मुझसे यह सब कहलवा रही है। शायद दूसरी जगह ऐसा न हो, मगर कम से हम हमारे इस शहर में तो सारे अच्छे, रईस और इज़्ज़तदार आदमी फ़ौज में ही नौकरी करते हैं।

वैर्शिनिन : मुझे तो प्यास लगी है। चाय पीने की इच्छा है।

माशा : *(घड़ी पर निगाह डालकर)* बस, वे लोग आ ही रहे होंगे। जब मैं सिर्फ़ अठारह की थी तब मेरी शादी हो गई। पतिदेव मास्टर थे इसलिए मुझे उनसे बड़ा डर लगता था—मैंने नया-नया स्कूल छोड़ा था न। उन दिनों तो मैं उन्हें ही बड़ा पढ़ा-लिखा, समझदार और महत्त्वपूर्ण व्यक्ति समझती थी, लेकिन कम्बख़्त अब ऐसा लगता ही नहीं है...

वैर्शिनिन : हाँ, सो तों मैं देख ही रहा हूँ...।

माशा : मैं अपने पति के बारे में कुछ नहीं कह रही। अब तो मैं उनकी अभ्यस्त हो गई हूँ, लेकिन साधारण शहरी लोगों में आप देखिए, अकसर लोग उजड्ड, असभ्य और बदतमीज़ होते हैं। इसी जंगलीपने से मैं घबराकर परेशान हो उठती हूँ। अगर आदमी सुरुचि-सम्पन्न न हो, विनम्र और शिष्ट न हो, तो मुझे उसे देखकर बड़ा बुरा लगता है। पतिदेव के साथी मास्टरों के साथ जब भी कभी पड़ जाती हूँ तो मेरी मुसीबत हो जाती है...

वैर्शिनिन : हाँ, सो तो ठीक है...लेकिन मैं तो समझता हूँ कि इस शहर के लोग चाहे वे साधारण लोग हों या फ़ौजी सभी एक से ही ठूँठ हैं। आपको उनमें कोई दिलचस्प बात ही नहीं दिखाई देगी।...सब बिल्कुल एक से हैं।...चाहे साधारण नागरिक हों या फ़ौजी। यहाँ आप किसी भी पढ़े-लिखे आदमी की बातें सुनिए—कोई साहब अपनी पत्नी की चिन्ता से मरे जा रहे हैं—किसी का अपने घर को लेकर नाक में दम आया हुआ है...किसी की ज़मींदारी उसकी जान का बवाल है...किसी के घोड़े उनके प्राणों के ग्राहक हैं। रूसियों को उच्च-विचारों का ऐसा महान-स्तर परम्परागत रूप से ही मिला हुआ है, लेकिन...ज़िन्दगी में ये लोग हमेशा ऐसी ओछेपन की बातें ही क्यों करते हैं ?—बताओ ?

माशा : क्यों ?

वैर्शिनिन : हर रूसी अपनी बीवी और बच्चों को लेकर ही क्यों मरा जाता है, और उसके बीवी-बच्चे क्यों उसे लेकर अपनी जान देने पर तुले रहते हैं...।

माशा : आज की शाम आपका मन कुछ ज़्यादा दुखी और

उदास है।

वैर्शिनिन : हो सकता है। आज मैंने खाना तक नहीं खाया। सुबह से कुछ भी मुँह में नहीं गया। मेरी लड़की की तबीयत अच्छी नहीं है। और जब मेरी छोटी-छोटी बच्चियों को कुछ हो जाता है तो मेरे प्राण कंठ में अटके रहते हैं। मेरी आत्मा मुझे हमेशा कोंचती रहती है कि मैं उनके लिए कैसी माँ ले आया हूँ...उफ़ ! आज अगर कहीं तुम उसे देख लेतीं...। पूरी चुड़ैल है चुड़ैल ! सुबह सात बजे से उसने झगड़ा शुरू किया तो नौ बजे मैं ज़ोर से दरवाज़ा बन्द करके इधर भाग आया...*(कुछ देर चुप रहकर)* मैं ये सब बातें कभी किसी से करता नहीं हूँ। अजीब बात है। जाने क्यों—मैं सिर्फ़ तुमसे ही यह शिकायतें करता हूँ *(उसका हाथ चूमता है)* नाराज़ मत होना, तुम्हारे सिवा मेरा कोई भी अपना सगा नहीं है...कोई भी नहीं है।

(कुछ देर चुप्पी)

माशा : स्टोव में भी कैसी ज़ोर की आवाज़ होती है। पिता के मरने से पहले धुआँ निकलनेवाली चिमनी में भी बिल्कुल ऐसी ही।...धुक-धुक होती थी...

वैर्शिनिन : तुम क्या ऐसी बातों में विश्वास करती हो ?

माशा : जी हाँ।

वैर्शिनिन : यह नई बात है *(उसका हाथ चूमता है)* तुम महान, विलक्षण स्त्री हो। महान ! विचित्र ! हालाँकि चारों तरफ़ अँधेरा छाया है, लेकिन मुझे तुम्हारी आँखों से रोशनी की किरण दिखाई दे रही है।

माशा : *(दूसरी कुर्सी पर आकर बैठ जाती है)* यहाँ कुछ खुला-खुला-सा है।

वैर्शिनिन : मैं तुम्हें प्यार करता हूँ...प्यार...प्यार। मैं तुम्हारी आँखों पर मरता हूँ, तुम्हारी हर अदा पर जान देता हूँ। मुझे सपनों में भी यही-यह दिखाई देती हैं...महान और विलक्षण स्त्री हो तुम...

माशा : *(धीरे से हँसकर)* जब आप मुझसे यह सब कहते हैं तो पता नहीं क्यों मुझे हँसी आती है। वैसे मैं घबरा उठती हूँ। कृपा करके अब यह सब मत कीजिए... *(बहुत धीमे स्वर में)* ख़ैर, चाहें तो कहते रहिए मुझे

कुछ फ़र्क नहीं पड़ता *(अपने हाथों से चेहरा ढाँप लेती है)* मुझे तो कुछ भी नहीं है पर कोई आ रहा है। अब कुछ और बात कीजिए...

(खाने के कमरे में होकर इरीना और तुज़ेनबाख़ आते हैं।)

तुज़ेनबाख़ : मेरा नाम भी क्या तिमंज़िला है ! मेरा नाम है बैरन तुज़ेनबाख़ कोने आलशुआर। परम्परागत चर्च में मेरा विश्वास है और जितनी रूसी तुम हो उतना ही मैं भी हूँ। जिस लगन और धैर्य के साथ मैं तुम्हें उबाता रहता हूँ, उसे छोड़कर मेरे भीतर अब कोई भी जर्मनीपना बचा नहीं रह गया है। मैं रोज़-रोज़ तुम्हें घर तक छोड़ने आता हूँ।

इरीना : उफ़, मैं तो थककर चूर-चूर हो गई।

तुज़ेनबाख़ : रोज़ मैं टेलिग्राफ़ ऑफ़िस से तुम्हें छोड़ने आया करूँगा। दस साल, बीस साल यही करूँगा...जब तक तुम मुझे फटकारकर भगा नहीं दोगी...*(माशा और वैर्शिनिन को देखकर आनन्द से)* अरे, आप लोग भी हैं ! कैसे हैं आप लोग ?

इरीना : उफ़, आख़िर मैं घर आ ही पहुँची...*(माशा से)* अभी कोई महिला अपने भाई को सारातोव में तार देने के लिए आई कि आज उसके पुत्र की मृत्यु हो गई है। बेचारी को पता ही याद नहीं रहा...इसलिए सिर्फ़ सारातोव लिखकर उसने बिना किसी पते के ही तार दे दिया।...बेचारी रो रही थी। जाने क्यों, खाँमखाँ ही मैं उस पर बरस पड़ी। कहा, कि मेरे पास बरबाद करने को वक़्त नहीं है। सचमुच बड़ा ख़राब लगा...रासवाले लोग क्या आ रहे हैं न आज ?

माशा : हाँ।

इरीना : *(आराम कुर्सी पर बैठ जाती है)* तो मैं ज़रा सुस्ता लूँ—बहुत थक गई हूँ।

तुज़ेनबाख़ : *(मुस्कुराकर)*जब तुम ऑफ़िस से आती हो तो एकदम बच्चों...जैसी लगती हो...खोई-खोई-सी।

(कुछ देर कोई कुछ नहीं बोलता)

इरीना : बहुत ही थक गई हूँ...। मुझे तो टैलिग्राफ़ का काम एकदम पसन्द नहीं है—रत्ती-भर नहीं जँचता।

माशा : दुबली भी तो बहुत हो गई हो तुम...*(सीटी बजाती है)* एकदम बच्ची जैसी लगती हो। चेहरा देखकर तो कोई लड़का ही समझेगा हो ओ...

तुज़ेनबाख़ : हाँ, ये अपने बाल भी तो लड़कों की तरह बनाती हैं।

इरीना : मैं तो कोई और काम देखूँगी। यह माफ़िक नहीं आता। जिसकी मुझे धुन है, जिसके मैं सपने देखा करती थी—वही सब यहाँ नहीं है। यह ऐसा काम है जिसमें न तो ज़रा भी रस है न कोई उद्देश्य...*(फ़र्श पर नीचे खटखटाहट होती है)* डॉक्टर शैबुतिकिन खटखटा रहे हैं...*(तुज़ेनबाख़ से)* सुनो, अब तुम्हीं जवाब दे दो। मैं बहुत ही थक गई हूँ। मुझसे नहीं उठा जाएगा...

(तुज़ेनबाख़ फ़र्श पर खटखटाता है।)

इरीना : वे सीधे यहीं आएँगे। हमें कोई-न-कोई तरीका सोचना पड़ेगा। कल डॉक्टर साहब और हमारे आन्द्रे भैया फिर क्लब में जा पहुँचे और ताशों पर जम गए। मैंने सुना है आन्द्रे भैया दो-सौ रूबल हार गए।

माशा : *(टालते हुए)* ख़ैर, फ़िलहाल इसका तो कोई इलाज ही नहीं है।

इरीना : अभी पन्द्रह दिन भी तो नहीं हुए, तभी तो वे रुपया हारे थे। पिछले दिसमबर में भी वे रुपया हार गए। मैं तो सोचती हूँ कि अच्छा है, जितनी जल्दी हो वे सबको ठिकाने लगा लगू दें, तो हम लोग भी इस शहर से जान छुड़ाएँ। हे भगवान, रोज़ रात में मॉस्को के सपने देखती हूँ। कैसा भयानक पागलपन सवार है। *(हँसती है)* हम लोग जून में जाएँगे और अभी बचे हैं फरवरी, मार्च, अप्रैल, मई...क़रीब-क़रीब आधा साल बाकी है।

माशा : कहीं नताशा भाभी भैया की इस जुए में हारने की सारी बात न सुन लें।

इरीना : मैं तो नहीं समझती कि उन्हें इसकी बहुत चिन्ता है।

(खाना खाने के बाद आराम करके सीधा बिस्तरे से उठता हुआ शैबुतिकिन दाढ़ी पर हाथ फेरता खाने के कमरे में आता है। मेज़ पर बैठकर जेब से एक अख़बार निकालकर पढ़ने लगता है।)

माशा : ये आ पहुँचे। अपना किराया दे दिया इन्होंने ?

इरीना : *(हँसकर)* नहीं। आठ महीने से एक पाई नहीं दी। ज़रूर

भूल जाते होंगे।

माशा : *(हँसती है)* अब कैसे धीर-गम्भीर बने बैठे हैं आप *(सब लोग हँस पड़ते हैं। फिर कुछ देर चुप्पी रहती है।)*

इरीना : कर्नल साहब, आप इतने चुप क्यों हैं ?

वैर्शिनिन : पता नहीं। मुझे तो चाय की हुड़क लग रही है आधे गिलास चाय की राह में मेरी आधी ज़िन्दगी तो गुज़र गई। सुबह से एक दाना भी मुँह में नहीं गया।

शैबुतिकिन : अरे इरीना...

इरीना : क्या बात है ?

शैबुतिकिन : इधर तो आओ, यहाँ आओ...*(इरीना जाकर मेज़ के पास बैठ जाती है)* तुम्हारे बिना मेरा मन नहीं लग रहा।

(इरीना पेशेंस के खेल के लिए ताश लगाती है।)

वैर्शिनिन : अच्छा, अगर ये लोग चाय नहीं ला रहे, तो आइए किसी चीज़ पर ही बहस करें।

शैबुतिकिन : ज़रूर ! बड़ी ख़ुशी से। अच्छा बोलिए किस चीज़ पर बहस हो?

वैर्शिनिन : किस पर क्या ? जैसे—आइए यही कल्पना करें कि हम लोगों के दो-तीन सौ साल बाद की ज़िन्दगी का रूप क्या होगा ?

तुज़ेनबाख़ : चलो, यही सही ! हमारे मर जाने के बाद लोग गुब्बारों में बैठकर उड़ा करेंगे। अपने कोटों के फ़ैशन बदल डालेंगे, शायद एक छठी ज्ञानेन्द्रिय को खोज निकालेंगे और उसका विकास करेंगे, लेकिन ज़िन्दगी ज्यों-की-त्यों बनी रहेगी...वैसी ही संघर्षमयी आनन्दों और रहस्यों से भरी-पूरी...एक हज़ार साल बाद भी लोग यों ही ठंडी-साँसें लिया करेंगे—"हाय, ज़िन्दगी कैसी मुश्किल है"—और आज की तरह ही मौत से डरा करेंगे—उससे मुँह चुराते घूमेंगे।

वैर्शिनिन : *(एक क्षण विचार करके)* ख़ैर, मैं तो नहीं मानता। मुझे लगता है कि इस धरती की हर चीज़ को धीरे-धीरे बदलना है और वह हमारी आँखों के आगे बदल भी रही है। दो-तीन सौ साल बाद, शायद एक हज़ार साल बाद, क्योंकि काल का कोई महत्त्व नहीं है—एक नई और सुखी ज़िन्दगी उभरेगी। सच है कि उस ज़िन्दगी में हम कोई हिस्सा नहीं ले पाएँ—लेकिन हम उसी के

लिए तो जी रहे हैं, सारे काम कर रहे हैं। यही क्यों ? उसी के लिए सारे कष्ट उठाकर, उसका निर्माण कर रहे हैं। सिर्फ़ इतना और यही हमारे अस्तित्व का, जीवन का उद्देश्य है ! कह सकते हैं...यही हमारी ख़ुशी का भी कारण है।

(माशा धीरे से हँसती है।)

तुज़ेनबाख़ : क्या बात है ?

माशा : पता नहीं क्यों, आज सुबह से मुझे हँसी आ रही है।

वैर्शिनिन : जिस स्कूल में तुम थे—मैं भी उसी में था। मैं फ़ौजी एकेडमी में नहीं गया। पढ़ा मैंने बहुत कुछ; लेकिन मुझे यही मालूम नहीं था कि किताबें कैसे छाँटी जाती हैं। और शायद मैंने बहुत सी अंट-संट चीज़ें पढ़ डालीं—फिर भी जितना-जितना जीवन मैं जीता जाता हूँ और-और जानने की इच्छा होती जाती है। मेरे बाल पकने लगे हैं—क़रीब-क़रीब बूढ़ा हो चला हूँ, मगर कितनी कम बातें जानता हूँ। बहुत ही थोड़ी सी। साथ ही ऐसा भी लगता है कि जो अत्यन्त ही महत्त्वपूर्ण बातें हैं, जो अनिवार्य बातें हैं उनको मैं ज़रूर समझता हूँ और ख़ूब अच्छी तरह जानता हूँ...समझ में नहीं आता मैं आपको कैसे समझाऊँ कि हम लोगों के भाग्य में कोई ख़ुशी नहीं लिखी है। होनी भी नहीं चाहिए और न होगी। हमें तो बस, अन्धाधुन्ध काम किए जाना है, परिश्रम किए जाना है—प्रसन्नता तो हमारे किन्हीं सुदूर वंशजों को जाकर कभी मिलेगी ...*(कुछ क्षण रुककर)* अगर वह मेरे लिए नहीं तो मेरे बाद वालों को तो कम-से-कम मिलेगी ही।

(फ़ैदोतिक और रोदे खाने के कमरे में आते दिखाई देते हैं। वे चुपचाप आकर धीरे-धीरे गिटार बजाते हुए गाने लगते हैं।)

तुज़ेनबाख़ : तो आपके ख़्याल से प्रसन्नता की कल्पना करना या सपने देखना भी बेकार है ? मगर मान लो, मैं ख़ुश हूँ तो इसमें किसी का क्या जाता है ?

वैर्शिनिन : कुछ नहीं !

तुज़ेनबाख़ : *(अपने हाथ फेंककर हँसता है)* साफ़ है हम लोग एक-दूसरे की बात समझ नहीं रहे हैं। ख़ैर, मैं आपको

कैसे मनवाऊँ ?

(माशा धीरे से हँसती है।)

तुज़ेनबाख़ : *(उसकी तरफ़ उँगली तानकर)* और हँसो ! दो-तीन सौ साल की तो बात ही क्या, दस लाख साल बाद भी ज़िन्दगी वैसी ही रहेगी जैसी आज है। इसमें कोई परिवर्तन नहीं होगा। दुनिया की स्थिति हमेशा ज्यों-की-त्यों अचल रहेगी—वह अपने नियमों के अनुसार चलती रहेगी। न हम उन नियमों में टाँग अड़ा सकते हैं, न उनका कुछ बना-बिगाड़ सकते हैं, यहाँ तक कि हम उनका पता भी नहीं लगा सकते। ये सुन्दर-सुन्दर पक्षी—जैसे बगुले को ही ले लो—आगे-पीछे उड़ते रहते हैं। महान् और क्षुद्र, क्या-क्या विचार उनके दिमाग़ में नहीं आते होंगे; लेकिन ये पक्षी क्यों उड़ रहे हैं, कहाँ उड़ रहे हैं ? बिना इन सब बातों को जाने भी उड़ते ही रहेंगे। चाहे जितने दार्शनिक ये हो जाएँ, ये उड़ते ही चले जाएँगे, उड़ते चले जाएँगे—और जब तक ये उड़ते रहेंगे, दार्शनिक हों या न हों इससे इनका कुछ बनता-बिगड़ता भी नहीं है।

माशा : लेकिन तब भी इस सबका कोई-न-कोई अर्थ तो होगा ही।

तुज़ेनबाख़ : अर्थ ? लो, सामने यह बर्फ गिर रही है बताओ इसमें क्या अर्थ है ?

(कुछ देर चुप्पी)

माशा : मुझे लगता है कि मनुष्य के पास एक आस्था होनी चाहिए—और कुछ नहीं तो उसे कोई विश्वास और आस्था खोज लेने चाहिए— वर्ना उसकी ज़िन्दगी सूनी और खोखली हो जाएगी। ज़िन्दा रहते हुए भी यह न जानना कि बगुले क्यों उड़ते हैं—बच्चे क्यों होते हैं... आसमान में तारों का क्या अर्थ है। आदमी को मालूम तो होना चाहिए कि उसकी ज़िन्दगी का अर्थ क्या है...उसकी ज़िन्दगी का उद्देश्य क्या है—वर्ना तो सब निरर्थक और व्यर्थ ही है।

वैर्शिनिन : और तब भी आदमी को दुःख होता है कि उसकी जवानी यों ही बीत गई।

माशा : गोगोल कहता है—दोस्तों, इस दुनिया में ज़िन्दा रहने से

बड़ी मनहूसियत कुछ नहीं है।

तुज़ेनबाख़ : और मैं कहता हूँ; आप लोगों से बहस करना बड़ा मुश्किल है।

शैबुतिकिन : *(अख़बार पढ़ते हुए)* बालज़ाककी शादी बदीचेव में हुई थी।

(इरीना धीरे-धीरे गुनगुनाती है।)

शैबुतिकिन : इसे तो सचमुच मुझे अपनी नोटबुक में उतार लेना चाहिए। बालज़ाककी शादी बदीचेव में हुई। *(अख़बार पढ़ता है।)*

इरीना : *(पेशेंस के खेल के लिए ताश लगाती हुई स्वप्रविष्ट-सी)* बालज़ाक की शादी बदीचेव में हुई थी।

तुज़ेनबाख़ : तीर कमान से छूट गया। मार्या सर्जीएव्ना, तुम्हें मालूम है मैंने अपने कमीशन से इस्तीफ़ा दे दिया है।

माशा : अब सुन रही हूँ। मुझे तो इसमें कोई अच्छाई दिखाई नहीं देती। मुझे साधारण नागरिक लोग पसन्द नहीं हैं।

तुज़ेनबाख़ : कोई बात नहीं... *(उठ खड़ा होता है)* मैं सिपाही बनने जैसा बाँका जवान भी नहीं हूँ, लेकिन ख़ैर, इससे भी कुछ नहीं आता-जाता। अब मैं काम करने जा रहा हूँ...काश, जीवन में एक दिन भी ऐसा जमकर काम कर पाता कि घर आता तो थककर चूर-चूर हुआ रहता और बिस्तरे में पड़ते ही सो जाता *(खाने के कमरे में जाते हुए)* मेहनतकशों को ख़ूब डटकर सोना चाहिए।

फ़ैदोतिक : *(इरीना से)* दुकान से गुज़रते हुए अभी मैंने ये चॉक आपके लिए ख़रीद लिए...और यह क़लम तराशने का चाकू।

इरीना : आपको तो मुझे छोटी सी बच्ची समझने की आदत पड़ गई है...लेकिन देखिए न, मैं तो काफी बड़ी हो गई हूँ *(आनन्दपूर्वक चाक और चाकू ले लेती है)* वाह, कैसे अच्छे हैं।

फ़ैदोतिक : और एक चाकू मैंने अपने लिए ख़रीद लिया है। देखो, एक फूल, दो फल, तीन फल...और यह कान कुरेदनी...और ये रही कैंची, ये नाख़ून साफ़ करने की पिन।

रोदे : *(ज़ोर से)* डॉक्टर साहब, आपकी उम्र क्या है ?

शैबुतिकिन : मेरी ?—बत्तीस।

(सब हँस पड़ते हैं।)

फ़ैदोतिक : अब मैं आपको दूसरे ढंग का पेशेंस बताता हूँ...*(ताश लगाता है।)*

(अनफ़ीसा एक समोवार, अँगीठी, लाती है। कुछ देर बाद ही नताशा भी आकर मेज़ पर व्यवस्था में लग जाती है। सोल्योनी आता है और सबको नमस्कार करके मेज़ पर बैठ जाता है।)

बैर्शिनिन : हवा कैसी तेज़ चल रही है।

माशा : हाँ, इस जाड़े से तो मैं तंग आ गई। अब तो याद ही नहीं आता कि गर्मी कैसी होती है...

इरीना : अरे, यह खेल तो मुझे एक ही बार में आ गया। इसका मतलब यह कि हम लोग मॉस्को ज़रूर जाएँगे।

फ़ैदोतिक : नहीं, कतई नहीं आया। देखिए, हुकुम की दुक्की के ऊपर अट्ठा है, *(हँसता है)* यानी कि आप मॉस्को नहीं जाएँगी।

शैबुतिकिन : *(अख़बार से पढ़ता है)* "जी-जी कार; यहाँ चेचक का भयानक ज़ोर है।"

अनफ़ीसा : *(माशा के पास जाकर)* माशा बेटी, चलो चाय पी लो, *(वैर्शिनिन से)* सरकार आप भी चलिए। सरकार, माफ कीजिए मैं आपका नाम भूल गई...

माशा : दाई-माँ, यहीं ले आओ चाय। मैं वहाँ नहीं आऊँगी।

इरीना : दाई-माँ !

अनफ़ीसा : आई।

नताशा : *(सोल्योनी से)* छोटे बच्चे ख़ूब समझते हैं। मैंने कहा— "मुन्ना बाबू, नमस्कार राजा बेटा, नमस्कार !" तो वह मेरी तरफ़ टुकुर-टुकुर देखता रहा। आप सोचेंगे मैं इसलिए ऐसा कहती हूँ कि मैं उसकी माँ हूँ, नहीं, बिल्कुल नहीं। मैं आपसे सच कहती हूँ—एकदम सबसे अलग बच्चा है।

सोल्योनी : अगर वह बच्चा मेरा होता तो कड़ाही में तलकर डकार गया होता। *(अपना गिलास लेकर ड्राइंगरूम में आ जाता है और एक कोने में बैठ जाता है।)*

नताशा : उजड्ड-गँवार कहीं के।

माशा : सुखी आदमियों को चिन्ता ही नहीं होती कि जाड़ा है या गर्मी। मेरा ख़्याल है अगर मैं मॉस्को में होती तो मैं

भी बिल्कुल फ़िक्र नहीं करती कि मौसम कैसा है।

वैर्शिनिन : उस दिन मैं एक फ्रैंच मन्त्री की जेल में लिखी डायरी पढ़ रहा था। पनामा के मामले में मन्त्री को जेल हो गई थी। कैसे जोश-खरोश और आनन्द से उसने जेल की खिड़की से दीखनेवाली चिड़ियों का वर्णन किया है। पहले जब वह मन्त्री था तब कभी उन चिड़ियों की तरफ़ उसका ध्यान भी नहीं जाता था...अब जब वह छूट आया है तो पहले की तरह चिड़ियों की ओर फिर कोई ध्यान नहीं देता...इसी तरह जब तुम मॉस्को में जाकर रहने लगोगी तो किसी भी बात की तरफ़ कोई ध्यान नहीं दोगी। हम लोग न तो कभी खुश हुए हैं न होंगे। हमें तो केवल सुख की धुन है।

तुज़ेनबाख़ : *(मेज़ से एक डिब्बा उठाकर)* मिठाइयों का क्या हुआ ?

इरीना : सोल्योनी साहब उड़ा गए।

तुज़ेनबाख़ : सारी ?

अनफ़ीसा : *(चाय देते हुए)* सरकार, आपका एक ख़त है।

वैर्शिनिन : मेरा ? *(पत्र लेता है)* मेरी बेटी का है। *(पढ़ता है)* हाँ, अच्छा तो मार्या सर्जीएव्ना, माफ़ करना, मैं अब चलूँगा—मैं अब चाय नहीं पिऊँगा *(घबराकर उठ खड़ा होता है)* जब देखो तब ये मुसीबतें।

माशा : क्या हुआ ? कोई राज़ की बात तो नहीं है ?

वैर्शिनिन : *(धीमी आवाज़ में)* पत्नी ने फिर ज़हर खा लिया। मुझे जाना ही चाहिए अब...मैं चुपचाप खिसक जाऊँगा। कितनी बुरी बात है यह...*(माशा का हाथ चूमता है)* मेरी जान, प्यारी तुम गजब की औरत हो...मैं बिना किसी को दीखे इस रास्ते से खिसक जाता हूँ। *(चला जाता है।)*

अनफ़ीसा : यह किधर खिसके ? अभी तो मैंने उन्हें चाय दी है। अजब आदमी हैं ये भी।

माशा : *(नाराज़ होकर)* अब चुप भी करो। जान मत खाओ। तुम्हारे मारे किसी को चैन नहीं है *(अपना प्याला लेकर मेज़ पर जाती है)* दाई-माँ, तुम तो पीछे पड़ जाती हो।

अनफ़ीसा : बिटिया—इतनी क्यों उबल रही हो ?...

(आन्द्रे के पुकारने का स्वर—"अनफ़ीसा !")

अनफ़ीसा : *(नक़ल उतारते हुए)* अनफ़ीसा ! वहाँ बैठे हैं और...

(चली जाती है।)

माशा : *(खाने के कमरे की मेज़ के पास नाराज़ी से)* मुझे भी बैठने दो। *(सारे ताश गड़बड़ करके मिला देती है)* तुम लोग अपने ताशों से सारी मेज़ घेरकर बैठ जाते हो...अपनी चाय तो पी लो।

इरीना : इतना क्यों चिड़चिड़ा रही हो माशा ?

माशा : हाँ, मैं चिड़चिड़ा रही हूँ तो मुझसे मत बोलो। मेरी बातों में टाँग मत अड़ाओ।

तुज़ेनबाख़ : *(हँसकर)* इसे मत छुओ—भाई, इसे छू मत लेना।

माशा : आप साठ के हो गए, लेकिन जब देखो तब स्कूली बच्चे की तरह बकवास करते रहते हैं।

नताशा : *(गहरी साँस लेकर)* माशा बहन, बातचीत में ऐसे शब्दों का प्रयोग क्यों करती हो ? मैं तुम्हारे मुँह पर कहती हूँ, अगर तुम यह सब न कहा करो तो सभ्य-समाज में अपनी सुन्दरता और रूप के कारण काफी आकर्षक बन जाओ। माशा, माफ़ करना तुम ज़रा बद्तमीज़ हो...

तुज़ेनबाख़ : *(अपनी हँसी दबाकर)*...ज़रा मुझे देना...उठाना...शायद उस बोतल में थोड़ी ब्रांडी बची है...

नताशा : लगता है हमारे बॉबिक मुन्ना अभी सोए नहीं हैं। ये मुन्ना जाग उठा है, आज उसकी तबीयत ठीक नहीं है। माफ़ कीजिए मैं उसके पास जा रही हूँ...।

(चली जाती है।)

इरीना : कर्नल साहब कहाँ चले गए ?

माशा : घर। उनकी पत्नी साहिबा ने फिर कुछ कर डाला है।

तुज़ेनबाख़ : *(हाथ में शीशे की डाटवाली शराब की बोतल लेकर सोल्योनी के पास आ जाता है)* तुम हमेशा अकेले ही बैठे-बैठे सोचा करते हो—और आख़िर सोचते क्या रहते हो, यह पता नहीं चलता। आओ, दोस्ती कर लें। ज़रा ब्रांडी चढ़ाएँ *(दोनों पीते हैं)* लगता है, मुझे आज भी शायद रात-भर पियानो बजाना पड़ेगा। दुनिया-भर की ऊलजलूल चीज़ें बजानी होंगी। ख़ैर, होगा सो देखा जाएगा।

सोल्योनी : क्यों कर लें दोस्ती ? मेरा तो तुमसे कोई झगड़ा नहीं हुआ।

तुज़ेनबाख़ : तुम मुझे हमेशा ऐसा महसूस कराते रहते हो जैसे हम लोगों के बीच कोई अनबन हो गई हो। इससे इनकार नहीं कि तुम विलक्षण स्वभाव के आदमी हो...

सोल्योनी : *(बड़े भावुक आलंकारिक ढंग से पुश्किन का वाक्य बोलता है)* ''मैं विलक्षण हूँ लेकिन बताओ, कौन है जो विलक्षण नहीं है। क्रोध न करो अलेको।''

तुज़ेनबाख़ : समझ में नहीं आता, अलेको को यहाँ ला-घसीटने की क्या ज़रूरत है ?

सोल्योनी : जब मैं किसी के साथ अकेला होता हूँ, तो हर भले आदमी की तरह बिल्कुल ठीकठाक रहता हूँ; लेकिन लोगों के बीच में बड़ा बुझा-बुझा-सा, बड़ा बेचैन-सा हो उठता हूँ। बेवकूफ़ी की बातें चाहे कैसी भी क्यों न करता होऊँ, फिर भी बहुत-सों से ज़्यादा ईमानदार और स्पष्टवादी भी हूँ। इस बात को मैं साबित कर सकता हूँ।

तुज़ेनबाख़ : अक्सर मुझे तुम पर बड़ी झुँझलाहट आती है, क्योंकि जब भी लोगों के बीच में होते हो, तो तुम बस मुझे ही छेड़ते रहते हो—फिर भी मैं तुम्हें चाहता हूँ। अच्छा, छोड़ो सब, आज मैं ख़ूब डटकर चढ़ाऊँगा। आओ पिएँ।

सोल्योनी : हाँ-हाँ पिएँ *(पीता है)* बैरन, तुम्हारे खिलाफ़ मुझे कभी कोई शिकायत नहीं रही, लेकिन मेरा स्वभाव बिलकुल लर्मन्तोव् जैसा है *(बड़े धीरे से)* लोगों का ही ऐसा कहना है। सच पूछो तो मैं दीखता भी लर्मन्तोव् जैसा ही हूँ—*(इत्र की शीशी निकालकर अपने हाथों पर इत्र छिड़कता है।)*

तुज़ेनबाख़ : मैंने अपने इस्तीफ़े के काग़ज़ भेज दिए हैं। काफ़ी भाड़ झोंक लिया मैंने भी। पिछले पाँच साल से लगातार सोचता आ रहा था, अब आख़िर तय ही कर डाला। अब ज़रा डटकर काम करूँगा।...

सोल्योनी : *(आलंकारिक भाषा में)* ''अलेको, मत हो यों नाराज़...। सारे सपनों को जा भूल...''

(इनके बात करते में ही आन्द्रे चुपचाप आकर एक मोमबत्ती के पास किताब लेकर बैठ जाता है।)

तुज़ेनबाख़ : मैं काम करने जा रहा हूँ।

शैबुतिकिन : *(इरीना के साथ ड्राइंगरूम में आकर)* और खाना भी क्या ?–सचमुच कोहकाफ़का माल था...प्याज़ का शोरबा...गोश्त की जगह कबाब। नाम था चैहार्त्मा।

सोल्योनी : चेहार्त्मा तो गोश्त कतई नहीं होता। हमारी प्याज़ की तरह का पौधा होता है...

शैबुतिकिन : नहीं भाई,–यह प्याज़-व्याज़ नहीं, मटन *(बकरी के बच्चे के मांस)* को एक ख़ास तरह भूना जाता है।

सोल्योनी : लेकिन, मैं जो आपसे कहता हूँ कि 'चेहार्त्मा' एक तरह की प्याज़ होती है।

शैबुतिकिन : मुझे आपसे बहस करने में क्या फ़ायदा है ? आप न तो कभी कोहकाफ़ गए, न आपने चैहार्त्मा खाया।

सोल्योनी : मैंने इसलिए नहीं खाया कि मुझसे खाया ही नहीं गया। चैहार्त्मा से लहसुन जैसी बू आती है।

आन्द्रे : *(प्रार्थना के स्वर में)* बस भाई, बस, अब मेहरबानी करो।

तुज़ेनबाख़ : यह रास-मंडली कब आ रही है ?

इरीना : आने को तो उन्होंने नौ बजे कहा है। सीधे यहीं आएँगे।

तुज़ेनबाख़ : *(नाचते हुए आन्द्रे को गोदी में भरकर मस्ती से गाता है–)* "अरे मेरी कुटिया...अरे मेरी झोपड़ी।"

आन्द्रे : *(नाचते हुए गाता है)* "जिसमें थूनी लगी हैं साल की।"

तुज़ेनबाख़ : *(नाचता है)* "जिसमें झँझरी लगी हैं कमाल की...।"

(सब खिलखिलाकर हँस पड़ते हैं।)

तुज़ेनबाख़ : *(आन्द्रे को चूमकर)* मारो गोली सबको। आओ बैठकर पिएँ। आन्द्रूशा, आओ अपनी अनन्त मित्रता के लिए हम लोग पिएँ। आन्द्रूशा, मैं भी तुम्हारे साथ विश्वविद्यालय चलूँगा।

सोल्योनी : किस विश्वविद्यालय में ? मॉस्को में दो ही तो विश्वविद्यालय हैं ?

आन्द्रे : मॉस्को में सिर्फ़ एक विश्वविद्यालय है।

सोल्योनी : मैं कहता हूँ, दो हैं।

आन्द्रे : अरे, वहाँ तीन हों, मेरा क्या जाता है। और भी अच्छा है।

सोल्योनी : मॉस्को में दो विश्वविद्यालय हैं *(नाराज़ी की भनभनाहटें और सिसकारियाँ)* मॉस्को में दो विश्वविद्यालय

हैं—एक नया एक पुराना...अगर आप मेरी बात नहीं सुनना चाहते, अगर आपको मेरी बात बुरी लगती है तो लीजिए, चुप हुआ जाता हूँ। कहो तो मैं दूसरे कमरे में उठकर चला जाऊँ।

(एक दरवाज़े से बाहर चला जाता है।)

तुज़ेनबाख़ : शाबास ! शाबास ! *(हँसता है)* भाइयो, शुरू करो। मैं बैठकर पियानो बजाता हूँ। सोल्योनी भी एकदम मसखरा आदमी है। *(पियानो पर बैठकर वाल्ज़ की धुन बजाता है।)*

माशा : *(अकेली वाल्ज़ गति पर नाचती है)* बैरन पिए हैं—बैरोन पिए हुए हैं, बैरन पिए हुए हैं।

(नताशा का प्रवेश)

नताशा : अरे डॉक्टर साहब !—*(शैबुतिकिन से कुछ कहती है, और फिर चुपचाप चली जाती है। शैबुतिकिन तुज़ेनबाख़ का कन्धा छूकर उसके कान में चुपचाप फुसफुसाकर कुछ कहता है।)*

इरीना : क्या बात है ?

शैबुतिकिन : अब हमलोग चलते हैं। अच्छा, नमस्कार।

तुज़ेनबाख़ : नमस्कार—अब चलने का वक़्त हो गया।

इरीना : लेकिन मैं पूछती हूँ...उस रास-मंडली का क्या हुआ ?

आन्द्रे : *(बौखलाए स्वर में)* वे लोग नहीं आएँगे। देखो बहन, नताशा का कहना है कि मुन्ना की तबीयत अच्छी नहीं है और इसीलिए...सच कहता हूँ कि मुझे तो कुछ मालूम है नहीं। और मुझे लेना-देना क्या किसी से...

इरीना : *(कन्धे उचकाकर)* हुँह, मुन्ना की तबीयत अच्छी नहीं है।

माशा : देखो न, कोई पहली ही बार तो किए-कराए पर पानी फेरा नहीं गया है। अगर हमें निकाल बाहर ही करना है, तो हम खुद चले जाएँगे...*(इरीना से)* मुन्ना बीमार नहीं है...बीमार है नताशा का यह *(अपनी उँगली से माथा ठोंकती है)* ओछी, गँवार कहीं की।

(आन्द्रे दाहिनी ओर के दरवाज़े से अपने कमरे में जाता है, शैबुतिकिन उसके पीछे-पीछे चला जाता है। खाने के कमरे में लोग विदा के नमस्कार कर रहे हैं।)

फ़ैदोतिक : हाय, बड़ा बुरा हुआ। मैं तो आज सारी शाम यहीं गुजारना चाहता था, लेकिन बच्चा ही बीमार है तो... कल उसके लिए फिर एक खिलौना लाऊँगा।

रोदे : *(ज़ोर से)* मैंने तो जान-बूझकर खाने के बाद एक झपकी भी ले ली थी। सोचा, सारी रात नाचना पड़ेगा...अरे, अभी तो कुल नौ ही बजे हैं।

माशा : आइए, सड़क पर चलें। वहीं हम लोग बातें करेंगे। वहीं तय करेंगे कि क्या करना चाहिए।

(नमस्कार, 'नमस्ते' की आवाज़ें। तुज़ेनबाख़ के खिलखिलाकर हँसने की आवाज़ सुनाई देती है। सब बाहर चले जाते हैं। अनफ़ीसा और नौकरानी मेज़ साफ़ करके रोशनी बुझा देती हैं। अपना कोट और टोप पहनकर आन्द्रे और साथ में शैबुतिकिन चुपचाप आते हैं।)

शैबुतिकिन : शादी करने का मौक़ा ही मुझे नहीं मिला। क्योंकि ज़िन्दगी बिजली की तेज़ी से गुज़रती चली गई। दूसरे मैं तुम्हारी माँ के प्यार में पागल हो गया था। उसकी शादी दूसरे से हो गई थी।

आन्द्रे : आदमी को शादी तो करनी ही नहीं चाहिए। कतई नहीं करनी चाहिए...बड़ी बेलज़्ज़त चीज़ है शादी।

शैबुतिकिन : यह तो सब ठीक है, लेकिन अकेलेपन का आदमी क्या करे ? तुम चाहे जो कहो, लेकिन भाई, अकेले ज़िन्दगी काटना बड़ा भयानक है। ख़ैर छोड़ो, कोई बात नहीं।

आन्द्रे : ज़रा जल्दी-जल्दी चलें।

शैबुतिकिन : जल्दी क्या है—अपने पास बहुत समय है।

आन्द्रे : डर है, कहीं बेगम-साहिबा न रोक लें।

शैबुतिकिन : अरे हाँ।

आन्द्रे : आज मैं बिल्कुल भी नहीं खेलूँगा। बस, बैठा-बैठा देखता रहूँगा। आज चित्त अच्छा नहीं है। डॉक्टर, इसके लिए क्या करना चाहिए...बड़ी जल्दी मेरी साँस उखड़ने लगती है।

शैबुतिकिन : मुझसे यह सब पूछने से कोई फ़ायदा नहीं है। भैया, मुझे इस समय कुछ याद नहीं है—मुझे नहीं मालूम कि...।

आन्द्रे : आओ, रसोई के रास्ते निकल चलें।

(दोनों चले जाते हैं)

(घंटी बजती है—फिर कुछ देर बाद दुबारा बजती है। बाहर बातचीत और हँसने की आवाज़ें सुनाई देती हैं।)

इरीना : *(भीतर आकर)* क्या बात है ?

अनफ़ीसा : *(फुसफुसाकर)* वही स्वाँगवाले बहुरुपिए हैं। ख़ूब सजे-सजाये हैं।

इरीना : दाई-माँ, उनसे कह दो, यहाँ कोई नहीं है। हमें माफ़ करें।

(फिर घंटी बजती है।)

(अनफ़ीसा बाहर चली जाती है। इरीना कमरे में इधर से उधर ठिठकती-सी घूमती है। वह बड़ी उद्विग्न है। सोल्योनी का प्रवेश)

सोल्योनी : *(घबराकर)* यहाँ तो कोई भी नहीं है। कहाँ गए सब के सब ?

इरीना : सब घर चले गए।

सोल्योनी : अजब बात है। तुम क्या अकेली हो यहाँ ?

इरीना : हाँ। *(कुछ देर चुप रहकर)* अच्छा नमस्कार।

सोल्योनी : अभी मैंने बड़ा बेहूदा और वाहियात व्यवहार कर दिया, लेकिन तुम तो औरों की तरह नहीं हो। तुम महान् और पवित्र हो—तुम्हें सच्चाई की परख है। मुझे सिर्फ़ तुम्हीं समझ सकती हो। मैं तुम्हें प्यार करता हूँ, मैं तुम्हें जी-जीन से प्यार करता हूँ, इरीना, बेहद प्यार...

इरीना : अच्छा, नमस्कार। अब आप चले जाइए।

सोल्योनी : मैं तुम्हारे बिना रह नहीं सकता। *(इरीना के पीछे-पीछे जाता है)* हाय, मेरी ख़ुशी। *(आँखों में आँसू भरकर)* मेरे आनन्द मेरे सुख, तुम्हारी-सी मादक, शरबती नशीली आँखें तो मैंने आज तक किसी भी स्त्री की नहीं देखी...

इरीना : *(रुखाई से)* बहुत हो गया वैसिली वैसिल्यीच, अब बस करो।

सोल्योनी : आज मैं पहली बार तुम्हारे सामने अपना प्यार प्रगट कर रहा हूँ। मुझे ऐसा लग रहा है जैसे आज धरती पर न होकर किसी और नक्षत्र में पहुँच गया होऊँ... *(अपना माथा मलकर)* लेकिन, ख़ैर जाने दो। सच तो है। किसी

कृपा पर कोई जबर्दस्ती तो है नहीं। मगर मेरा कोई प्रतिद्वन्द्वी भी सुखी नहीं रह पाएगा, नहीं रह सकेगा...मैं सबकी कसम खाकर कहता हूँ कि अपने किसी भी रक़ीब को मार डालने में कोई पाप या बुराई नहीं है...सुनो मेरी अप्सरा।

(मोमबत्ती लेकर नताशा गुज़रती है।)

नताशा : *(एक के बाद दूसरे दरवाज़े में झाँकती है और अपने पति के कमरेवाले दरवाज़े के पास होकर गुज़रते हुए)* आन्द्रे भीतर हैं। उन्हें पढ़ने दूँ। माफ करना सोल्योनी, मुझे पता नहीं था कि आप भी यहीं हैं। मैं अपने सोने वाले कपड़े पहनकर ही निकल आई।

सोल्योनी : मैं ऐसी बातों पर ध्यान नहीं देता। अच्छा, नमस्कार।

(चला जाता है।)

नताशा : तुम बहुत थक गई हो, मेरीं मुन्नी *(इरीना को चूमकर)* तुम्हें जल्दी सो जाना चाहिए।

इरीना : मुन्ना सो गया क्या ?

नताशा : सो तो गया है, लेकिन गहरी नींद नहीं सोया है। हाँ बहन, मैं तुमसे एक बात कहना चाहती थी, लेकिन कभी तुम्हें फुर्सत नहीं मिलती थी, कभी मुझे। लगता है कि मुन्ना के कमरे में बड़ी सीलन और ठंड है—तुम्हारा कमरा बच्चों के लिए बड़ा अच्छा है। मेरी रानी, मेरी मुन्नी, कुछ दिनों को तुम ओल्गा के कमरे में न चली जाओ ?

इरीना : *(कुछ न समझकर)* किधर ?

(तीन घोड़ों की बग्घी की घंटियोंदार आवाज़ दरवाज़े तक जाती है।)

नताशा : तुम ओल्गा के कमरे में चली जाना, मुन्ना तुम्हारे कमरे में आ जाएगा। ऐसा छोटा सा गुड्डा है कि बस।—आज मैंने उससे कहा—'मुन्ना, तू मेरा ब्रेटा है, तू मेरा है।' तो अपनी छोटी-छोटी अजब आँखों से मुझे टुकुर-टुकुर ताकता रहा *(बाहर घंटी बजती है)* ओल्गा होनी चाहिए। कितनी देर लगा लेती है यह। *(नौकरानी नताशा के पास आकर कान में कुछ फुसफुसाती है।)*

नताशा : प्रोतोपोव ? यह भी कैसे अजब आदमी हैं। प्रोतोपोव आए हैं और मुझसे बग्घी में सैर करने को पूछते हैं

(हँसती है) ये पुरुष भी कैसे विचित्र जीव होते हैं। *(घंटी बजती है)* कोई आया है। मैं शायद पन्द्रह-बीस मिनट को चली जाऊँ। *(नौकरानी से)* उनसे कह दो मैं सीधी आ रही हूँ...*(घंटी बजती है)* तुम देखना ज़रा। ज़रूर ओल्गा होगी।

(चली जाती है।)

(नौकरानी भागकर जाती है। विचारों में खोई हुई इरीना बैठ जाती है। कुलिग़िन, ओल्गा और वैर्शिनिन का प्रवेश।)

कुलिग़िन : अरे, निहायत अजब बात है। इन लोगों ने तो कहा था आज शाम को यहाँ दावत होगी।

वैर्शिनिन : ताज्जुब है। अभी आध घंटा पहले जब मैं यहाँ से गया था तो सब लोग रासधारियों की राह देख रहे थे।

इरीना : सब लोग चले गए।

कुलिग़िन : माशा भी चली गई क्या ? कहाँ गई है ? नीचे यह प्रोतोपोव बग्घी लिए किसकी राह देख रहा है ?—किसके लिए खड़ा है ?

इरीना : उफ़, मुझसे मत पूछो, मैं बहुत थक गई हूँ।

कुलिग़िन : छिः कैसी बद्तमीज़ लड़की है।

ओल्गा : सभा अब जाकर बरख़ास्त हुई है। बुरी तरह थक गई हूँ। हमारी हेड-मास्टरनी बीमार पड़ गई—सो मुझे उसकी जगह काम करना है। हाय, यह मेरा सिर...मेरे सिर में दर्द हो रहा है...आह यह मेरा सिर...। *(बैठ जाती है)* कल ताशों में आन्द्रे भैया ने दो सौ रूबल गँवा दिए। सारे शहर में इसकी चर्चा है।

कुलिग़िन : मैं भी मीटिंग में बहुत बुरी तरह थक गया हूँ। *(बैठ जाता है।)*

वैर्शिनिन : मेरी बीवी के दिमाग़ में जम गया है। मुझे डराकर मानेगी—कमबख़्त ने करीब-करीब ज़हर ही खा डाला था। अब तो सब ठीक हो गया। ख़ुशी है, चलो पीछा छूटा, छुट्टी मिली। तो अब क्या हमें चलना है न ? अच्छी बात है, तो फिर मेरा नमस्कार फ्योदोर इल्यिच। आइए हम लोग कहीं और चलें। मैं घर नहीं रह सकता इस समय। किसी भी क़ीमत पर नहीं रह सकता। आइए चलें।

कुलिग़िन : मैं तो बहुत थक गया हूँ। मैं नहीं चलूँगा। *(उठते हुए)* सचमुच थककर चूर-चूर हो गया हूँ। मेरी पत्नी घर चली गई क्या ?

इरीना : उम्मीद तो यही है।

कुलिग़िन : *(इरीना का हाथ चूमता है)* नमस्कार। कल और परसों के सारे दिन मेरे पास आराम करने को हैं। अच्छा, नमस्कार ! *(चलते हुए)* मुझे चाय की बड़ी सख़्त ज़रूरत है। मैं तो सोच रहा था कि आज की शाम किसी मज़ेदार गोष्ठी में बीतेगी; लेकिन हर चीज़ में कोई न कोई अडंगा लगा रहता है।

वैर्शिनिन : अच्छा तो फिर मैं अकेला ही चलता हूँ।

(सीटी बजाता हुआ कुलिग़िन के साथ चला जाता है।)

ओल्गा : उफ़, मेरा सिर तो दर्द से फटा जा रहा है। आन्द्रे भैया ताशों में हार गए, सारे शहर में इसी की चर्चा हो रही है। मैं चलकर ज़रा लेटूँगी...*(जाते हुए)* कल मेरी छुट्टी है। आहा, कैसे आनन्द की बात है...कल मेरी छुट्टी है, परसों छुट्टी है। मेरा सिर दर्द कर रहा है। हाय, यह मेरा सिर...

(चली जाती है।)

इरीना : *(अपने आप ही)* सब लोग चले गए। कोई भी नहीं रहा।

(धौंकनीवाला बाजा सड़क पर बजता है, अनफ़ीसा गाती है।)

नताशा : *(फ़र की टोपी और कोट पहने हुए खाने का कमरा पार करके आती है। उसके पीछे-पीछे नौकरानी है)* मैं आधे घंटे में वापिस आई जाती हूँ। बस, थोड़ी ही दूर जाऊँगी।

(जाती है।)

इरीना : *(अकेली हताश से स्वर में)* आह, मॉस्को चलो...मॉस्को ...मॉस्को।

(पर्दा गिरता है।)

तीसरा अंक

(ओल्गा और इरीना के सोने का कमरा। एक ओर दो पलंग। दोनों पर मसहरी की तरह पर्दे डले हैं। रात के दो बज चुके हैं। नेपथ्य में दमकलवालों की घंटी बजती है, जो काफ़ी देर बजती रहती है। साफ़ दिखाई देता है कि मकान में अभी तक कोई भी सोया नहीं है। एक सोफ़े पर हर वक़्त की तरह काले कपड़ों में माशा लेटी है। ओल्गा और अनफ़ीसा का प्रवेश)

अनफ़ीसा : बेचारे नीचे ज़ीने पर बैठे हैं। मैंने उनसे कहा—"ऊपर चले चलो, यहीं क्यों नहीं ठहर जाते..." वे तो बस रोते रहे—"पिताजी कहाँ हैं ? जाने कहाँ चले गए पिताजी ?" "और बोले—"अगर पिताजी आग में जल गए होंगे तो क्या होगा ?" इन ज़रा-ज़रा-से बच्चों के दिमाग़ में भी क्या-क्या बातें आती हैं। खुले आँगन में बेचारे असहाय बच्चे...उनके शरीर पर एक कपड़ा तक नहीं है।

ओल्गा : *(आल्मारी में से कपड़े निकालती है)* लो यह भूरे कपड़े लो, यह भी लो, यह ब्लाउज़ भी यह स्कर्ट और

लो...हाय-दाई-माँ, देखो न कैसा गज़ब हो गया।...लगता है सारी-की-सारी किसानोव-स्ट्रीट जलकर राख हो गई है। ये लो...ये भी लो...*(अनफ़ीसा की गोद में कपड़े फेंकती है)* वैर्शिनिन के घर के लोग भी बहुत ही डर गए हैं। बेचारे ! उनका घर भी तो क़रीब-क़रीब जल-सा ही गया है। आज रात-भर उन्हें यहीं रहने दो न ! आज हम उन्हें कहीं नहीं जाने देंगे...बेचारे फ़ैदोतिक का घर-बार सब कुछ भस्म हो गया। एक तिनका तक नहीं बचा।

अनफ़ीसा : ओल्गा बेटी, अग़र फ़ैरापोंट को बुला लो तो अच्छा है। मैं यह सब ले जा नहीं पाऊँगी।

ओल्गा : *(घंटी बजाती है कोई जवाब ही नहीं देता। दरवाज़े पर जाकर)* अरे है कोई ? कोई हो तो ज़रा इधर आओ...*(खुले हुए दरवाज़े से आग से लाल-लाल भमलाती खिड़की दिखाई पड़ती है, घर के पास से आग बुझाने की गाड़ी की आवाज़ सुनाई देती है)* मुसीबत है...मेरी तो नाक में दम आ गया...

(फ़ैरापोंट का प्रवेश)

ओल्गा : लो इधर, यह सब नीचे सीढ़ी पर ले जाओ—नीचे कोलोतिन औरतें हैं। उन्हें दे देना...और लो यह भी दे देना।

फ़ैरापोंट : हाँ बिटिया, 1812 में मॉस्को भी जल गया था...हे भगवान् दया करो। फ्रांसीसियों ने ग़ज़ब कर दिया था।

ओल्गा : अच्छा, अब तुम जाओ।

फ़ैरापोंट : अच्छा बिटिया।

(चला जाता है।)

ओल्गा : दाई-माँ, सारे कपड़े इन्हें बाँट दो। हमें कुछ नहीं चाहिए, सब उन्हें ही दे दो। मैं बहुत थक गई हूँ। पैरों पर खड़ा नहीं रहा जाता। आज हम वैर्शिनिन साहब के बच्चों को नहीं जाने देंगे। छोटी बच्ची ड्राइंगरूम में सो जाएगी। कर्नल साहब नीचे बैरन के कमरे में ही रह जाएँगे, या हमारे खाने के कमरे में सो जाएँगे। यह कमबख्त डॉक्टर साहब शराब पिए बुरी तरह बेहोश पड़े हैं सो उनके कमरे में तो किसी को टिकाया नहीं जा सकता। वैर्शिनिन साहब की बीवी भी ड्राइंगरूम

में आ जाएँगी।

अनफ़ीसा : *(बौखलाकर)* ओल्गा बेटी, मुझे मत निकालो। बेटी मुझे मत बाहर धक्का दो।

ओल्गा : दाई-माँ, यह तुम्हारी क्या बकवास है ? तुम्हें तो कोई निकाल नहीं रहा।

अनफ़ीसा : *(ओल्गा के कन्धे पर हाथ रखकर)* मेरी बिटिया, मुन्नी—मैं तो ख़ूब जी लगाकर काम करती हूँ, जितना हो पाता है सब करती हूँ। पर अब कमज़ोर होती जा रही हूँ न, सो हर कोई कहता है—"चल भाग।" कहाँ जाऊँ मैं ? किधर जाऊँ ? अस्सी-इक्यासी साल की हो गई।

ओल्गा : दाई-माँ, तुम बैठ जाओ...तुम थक गई हो दाई-माँ *(बैठा देती है)* सुस्ता लो, दाई माँ। तुम तो बड़ी कमज़ोर, पीली पड़ गई हो।

(नताशा का प्रवेश)

नताशा : लोग कहते हैं कि जिन लोगों के घर जल गए हैं उनकी मदद के लिए हमें फ़ौरन ही एक कमेटी बना लेनी चाहिए। ठीक है, बहुत अच्छा विचार है। सचमुच ग़रीबों की मदद के लिए हमें हर वक़्त तैयार रहना चाहिए। यह धनी का धर्म है। मुन्ना बॉबिक और सोफ़ी बेटी तो ऐसे सोये पड़े हैं, जैसे कहीं कुछ भी न हुआ हो। जिधर जाओ, लोग ठसाठस भरे हैं—सारे घर-भर गए हैं। शहर-भर में इंफ्लुएंज़ा फैला है। मुझे तो डर है, कहीं बच्चों को न लग जाए!

ओल्गा : *(उसकी बात सुनकर)* इस कमरे से तो आग दिखाई भी नहीं देती। यहाँ तो एकदम शान्ति है।

नताशा : हाँ, सो तो है ही। मेरे सारे बाल खुल गए होंगे *(शीशे के सामने खड़ी हो जाती है)* लोग कहते हैं मैं मोटी होती जा रही हूँ...झूठ बोलते हैं। कहीं भी तो नहीं हूँ मोटी ! माशा सो गई क्या ? बहुत थक गई है बिचारी बच्ची... *(अनफ़ीसा से रूखे स्वर में)* मेरे सामने बैठने की बदतमीज़ी मत करो। उठो, चलो, जाओ, कमरे से बाहर निकलो। *(अनफ़ीसा चली जाती है, थोड़ी देर चुप्पी)* समझ में नहीं आता इस बुढ़िया को तुमने क्यों डाल रखा है ?

ओल्गा : *(तपाक् से)* माफ़ करना, मेरी समझ में भी नहीं आया, तुम क्या चाहती हो ?

नताशा : यहाँ यह बिल्कुल फ़ालतू है। गँवार औरत है। इसे तो गाँव में जाकर रहना चाहिए। तुम इन लोगों की आदतें ख़राब कर देती हो। मुझे घर में पसन्द है क़ायदा। किसी भी फ़ालतू नौकर की ज़रूरत क्या है ? *(उसके गाल थपककर)* बहन, तुम भी बहुत थक गई हो। हमारी हेड-मास्टरजी थक गईं। जब सोफ़ी बेटी बड़ी होकर हाईस्कूल में पहुँचेगी तब तो मुझे तुमसे डरना पड़ेगा।

ओल्गा : मैं हेड-मास्टरनी थोड़े ही रहूँगी तब।

नताशा : तुम्हीं को तो चुना जाएगा ओल्गा। यह तो बिल्कुल तय ही हो चुका है।

ओल्गा : मैं साफ़ मना कर दूँगी। यह सब मुझसे नहीं चलेगा। *(पानी पीकर)* तुम अभी दाई-माँ से ऐसी उजड्डता से बातें कर रहीं थीं। माफ़ करो, मुझे अच्छा नहीं लगा। मेरी आँखें के आगे तो अँधेरा छा गया।

नताशा : माफ़ करो ओल्गा बहन, माफ करो। मैंने इस नीयत से नहीं कहा था कि तुम्हारे दिल को चोट लगे।

(माशा उठ पड़ती है। तकिया-चादर समेटकर गुस्से से बाहर चली जाती है।)

ओल्गा : यह तो तुम्हें खुद ही सोचना चाहिए बहन। हो सकता है हम लोगों का पालन-पोषण कुछ अनोखे ढंग से हुआ हो, लेकिन मुझसे तो नहीं सहा गया। इस तरह का व्यवहार मुझे अच्छा नहीं लगता। मन भारी हो जाता है, दिल डूबने लगता है।

नताशा : अच्छा माफ़ करो बाबा, माफ़ कर दो। *(उसका चुम्बन लेती है।)*

ओल्गा : ज़रा सी भी उजड्डता, या कोई भी बेतरीक़े बात मेरा मन बिगाड़ देती है।

नताशा : मैं बकती तो बहुत हूँ, यह बात सच है, लेकिन बहन, यह तो तुम्हें भी मानना पड़ेगा कि इस वक्त तो इसे अपने गाँव में ही होना था। इसके लिए यही अच्छा है।

ओल्गा : यह आख़िर हम लोगों के यहाँ तीस साल से है।

नताशा : लेकिन अब तो इससे काम होता नहीं है न। या तो मेरी

ही अक्ल कुछ मोटी है, या तुम्हीं मेरी बात नहीं समझतीं। वह अब काम करने के लायक़ नहीं रह गई। अब भी, सिवा पड़कर सोने या हाथ पर हाथ धरकर बैठे रहने के यह करती ही क्या है?

ओल्गा : तो ठीक है, उसे हाथ पर हाथ धरे ही बैठी रहने दो।

नताशा : *(आश्चर्य से)* कैसे?—हाथ पर हाथ धरे बैठी रहने दें? अरे, आख़िर वह नौकर है। *(रुँधे गले से)* ओल्गा, मेरी समझ में तुम्हारी बात नहीं आती। बच्चे की देखभाल के लिए हमारे पास एक आया है, बच्ची को दूध पिलाने को धाय अलग है। एक घर की नौकरानी है, एक बावर्चिन है,—इस बुढ़िया की हमें और क्या ज़रूरत? इससे हमें फ़ायदा क्या है?

(नेपथ्य में आग लगने की ख़तरे की घंटी बजती है।)

ओल्गा : आज की रात ने तो मुझे जैसे दस साल और बूढ़ा कर दिया।

नताशा : ओल्गा, हम लोग आज साफ़-साफ़ बातें कर लें। तुम हाईस्कूल में रहती हो। तुम पढ़ाती हो तो मैं घर की देखभाल करती हूँ। फिर अगर मैं नौकरों के बारे में कुछ कहती हूँ—तो यह अच्छी तरह सोच-समझ लेती हूँ कि उसका क्या मतलब है? मैं ही तो जान सकती हूँ कि किसके बारे में क्या कह रही हूँ। और वो चोट्टी बुढ़िया खूसट *(पाँव पटकती है)* उस चुड़ैल को तो कल सुबह घर खाली कर देना होगा। मुझे हर वक़्त जान खानेवाले आदमियों की कोई ज़रूरत नहीं है। कतई ज़रूरत नहीं है। *(सहसा अपने को रोककर)* सच कहती हूँ जब तक तुम नीचे नहीं चली जाओगी, हम लोग हमेशा झगड़ते रहेंगे। बड़ा बुरा लगता है।

(कुलिगिन का प्रवेश)

कुलिगिन : माशा कहाँ गई?—घर चलने का वक़्त हो गया। लोग कहते हैं, आग ख़त्म हो गई *(अँगड़ाई लेकर)* पहले शहर के एक हिस्से में आग लगी और फिर जो आँधी चलनी शुरू हुई तो लगा जैसे पूरा शहर भस्मीभूत हो जाएगा *(बैठ जाता है)* मैं तो थककर चूर-चूर हो गया। ओल्गा रानी, कभी-कभी तो मेरे मन में आता है कि माशा की

जगह मैं तुम्हीं से शादी कर लेता। कितनी अच्छी हो तुम। थककर मैं तो बेदम हो गया। *(जैसे ध्यान से कुछ सुनने लगता है।)*

ओल्गा : क्या हुआ ?

कुलिगिन : कम्बख़्त डॉक्टर को अभी ही शराब चढ़ाने की सूझी थी। नशे में बेहोश पड़ा है। क्या मुसीबत है ? *(उठ बैठता है)* लगता है वे यहीं तशरीफ़ ला रहे हैं। सुना तुमने ? हाँ-हाँ, लो इधर से आए। *(हँसकर)* सचमुच, यह डॉक्टर भी कमाल का आदमी है...मैं ज़रा छिप जाऊँ *(आल्मारी के पास जाकर कोने में खड़ा हो जाता है)* है न पक्का राक्षस।

ओल्गा : दो साल उसने बोतल छुई तक नहीं, और अब जाकर चढ़ा आया *(नताशा के साथ कमरे के पिछले हिस्से में चली जाती है।) (शैबुतिकिन का प्रवेश। बिना लड़खड़ाए इस तरह जैसे बड़ा गम्भीर हो, पूरा कमरा पार करके आता है। खड़ा होकर इधर-उधर देखने लगता है। फिर हाथ धोने के स्टैंड के पास जाकर हाथ धोने लगता है।)*

शैबुतिकिन : *(झुँझलाकर)* सब चूल्हों में जा पड़ें, भाड़ में जाएँ। हर आदमी सोचता है; चूँकि मैं डॉक्टर हूँ दुनिया-भर की सारी शिकायतें दूर कर दूँगा और सच्चाई यह है कि मैं कुछ जानता नहीं। जो जानता था सो भी भूल-भाल गया। याद ही नहीं रहा। बिल्कुल निकल गया दिमाग़ से *(ओल्गा और नताशा चुपचाप खिसक जाती हैं)* आग लगे सबमें ! पिछले बुध को मैंने जासिप की एक औरत का इलाज किया था, वह मर गई। मेरा ही तो क़सूर था कि वह मर गई। जी हाँ, पच्चीस साल पहले मैं तब भी कुछ जानता था, अब तो दिमाग़ से जैसे सब उड़ गया। शायद मैं आदमी हूँ ही नहीं। ये हाथ-पाँव सिर तो सिर्फ़ हैं, केवल दिखावे के हैं। मेरा कोई अस्तित्व ही नहीं है। और फिर भी मज़ा यह है कि मैं घूमता हूँ—खाता हूँ—सोता हूँ, *(रोने लगता है)* हाय, काश मेरा कोई अस्तित्व न होता ! *(रोना छोड़कर झल्लाते हुए)* मुझे कोई परवाह नहीं। मैं रत्ती-भर चिन्ता नहीं करता *(एक क्षण चुप रहकर)* हे भगवान, परसों ही तो क्लब में कुछ बातचीत हो रही थी। लोग शैक्सपियर के बारे में,

वाल्टेयर के बारे में बातें कर रहे थे। मैंने तो कुछ भी नहीं पढ़ा। पढ़ा ज़रा भी नहीं, लेकिन दिखाता मैं ऐसे रहा जैसे सबको चाटे बैठा हूँ। दूसरों की हालत भी मेरी जैसी ही थी। कैसी मक्कारी है ! कितना कमीनापन ! जिस औरत को मैंने बुध को मार डाला था वह मेरे दिमाग़ में घुस बैठी...और भी न जाने कितनी उल्टी-सीधी दुनिया-भर की बातें मेरे दिमाग़ में आईं...मुझे सब कुछ बड़ा गन्दा-अपवित्र, भद्दा-भद्दा लगने लगा और दुनिया-भर की ऊल-जलूल चीज़ें दिल में आ समाईं। ...मैं गया, और डटकर शराब चढ़ा ली।

(इरीना, वैर्शिनिन और तुज़ेनबाख़ का प्रवेश। तुज़ेनबाख़ ने नागरिकोंवाला नया फ़ैशनेबल सूट डाट रखा है।)

इरीना : आइए, यहीं बैठ जाएँ। यहाँ कोई आएगा भी नहीं।

वैर्शिनिन : अगर ऐन मौक़े पर सिपाही न आ पहुँचते तो सारा शहर जलकर ख़ाक हो जाता। कमाल के आदमी होते हैं ये सिपाही। *(आनन्द से हाथ मलने लगता है)* ग़जब के होते हैं ये लोग ! वाह !

कुलिगिन : *(उनके पास जाकर)* क्या वक़्त होगा ?

तुज़ेनबाख़ : तीन बज गए। चारों तरफ़ उजाला भी होने लगा।

इरीना : लोग खाने के कमरे में जमे हैं। जाने का किसी का कोई विचार नहीं लगता। वह आपका सोल्योनी भी वहीं जमा है। *(शैबुतिकिन से)* डॉक्टर साहब, अच्छा हो, आप अब जाकर सो जाएँ।

शैबुतिकिन : अच्छी बात है, धन्यवाद !

(दाढ़ी पर हाथ फेरता है।)

कुलिगिन : *(हँसता है)* डॉक्टर साहब, आप ज़रा अपने आप में नहीं हैं। *(कन्धे पर हाथ मारकर)* शाबास ! पुराने लोगों का कहना था, आराम बड़ी चीज़ है मुँह ढँक के सोइए।

तुज़ेनबाख़ : सब लोग मुझसे कहते हैं कि जिन परिवारों के घर जल गए हैं उनकी मदद के लिए मैं एक संगीत-समारोह कर डालूँ।

इरीना : मगर हैं कौन-कौन इसके लिए ?

तुज़ेनबाख़ : अगर हम लोग चाहें तो इसे अपने ऊपर ले सकते हैं। मेरा ख़्याल है, माशा ग़ज़ब का पियानो बजा लेती है।

कुलिगिन : हाँ, बहुत शानदार बजाती है।

इरीना : वह तो सब भूल-भाल गई—पिछले तीन-चार साल से उसने बजाया कहाँ है ?

तुज़ेनबाख़ : इस शहर-भर में एक भी तो ऐसा ख़ुदा का बन्दा नहीं है जो संगीत का नाम तक जानता हो; मगर मैं जो भी कुछ संगीत समझता हूँ उसी के बल पर आपको दावे से विश्वास दिलाता हूँ कि माशा बहुत शानदार पियानो बजा लेती है—बड़ी प्रतिभा है उसमें।

कुलिगिन : बैरन, तुम बिल्कुल सच कहते हो। मुझे तो वह बहुत ही पसन्द है। मेरा मतलब माशा बड़ी ही अच्छी लड़की है।

तुज़ेनबाख़ : एक तो आदमी इतना शानदार बाजा बजाए और फिर ऊपर से वह यह भी जानता हो कि कोई उसे समझ नहीं पा रहा...।

कुलिगिन : *(गहरी साँस लेकर)* बिल्कुल ठीक। लेकिन उसका समारोह में भाग लेना उचित होगा ? *(कुछ देर चुप रहकर)* और भाइयो, इस बारे में मैं कुछ भी कहने लायक़ नहीं हूँ। हो सकता है चार चाँद ही लग जाएँ। इससे तो कोई इनकार ही नहीं कि हमारे डायरेक्टर साहब महान और वाकई शानदार आदमी हैं। बड़े प्रतिभाशाली हैं, लेकिन उनके विचार कुछ ऐसे ही हैं; हालाँकि इस बात से उस भले आदमी का कोई लेना-देना नहीं फिर भी अगर आप कहें तो मैं उनके बारे में कुछ बताऊँ।

(शैबुतिकिन चीनी की घड़ी लेकर उसे उलट-पलटकर देखने लगता है।)

वैर्शिनिन : इस आग ने तो मुझे ऊपर से नीचे तक भूत बना दिया। देखने लायक़ हो रहा होऊँगा *(रुककर)* यों ही चलते-चलते कल मैंने सुना कि अफ़सर हमारी फ़ौज का किसी दूर-दराज़ देश में तबादला किए डाल रहे हैं। पोलैंड या चीता के आस-पास कहीं।

तुज़ेनबाख़ : हाँ, इस बारे में कुछ मैंने भी सुना है। जो हो सारा शहर बाद में उजाड़ हो जाएगा।

इरीना : हम लोग भी तो यहाँ से चले जाएँगे।

शैबुतिकिन : *(घड़ी गिराकर तोड़ देता है)* लो, चूर-चूर हो गई।

कुलिगिन : *(टुकड़े समेटकर)* उफ़ ! डॉक्टर साहब, तुमने कितनी क़ीमती चीज़ तोड़ डाली ! मैं होता तो तुम्हें आचरण के लिए माइनस जीरो देता...

इरीना : अम्मा की घड़ी थी।

शैबुतिकिन : होगी...ख़ैर, अगर उनकी थी—तो थी ही। हो सकता है मैंने इसे न तोड़ा हो। सिर्फ़ ऐसा लगा हो कि मैंने तोड़ दिया। हो सकता है हमें सिर्फ़ ऐसा लगता ही हो कि हम हैं—और वस्तुतः हमारा कोई अस्तित्व ही न हो। मैं तो भाई, कुछ समझता नहीं। और कोई भी कुछ नहीं जानता। *(दरवाज़े के पास जाकर)* आप लोग घूर-घूरकर क्या देख रहे हैं। नताशा की प्रोतोपोव साहब के साथ कुछ यों ही ज़रा सी आँख-मिचौली चलती है—लेकिन आप लोग कुछ नहीं देखते। आप लोग यहाँ बैठे हैं फिर भी कुछ नहीं देखते। प्रोतोपोव से नताशा की ज़रा कुछ लाग-लगी-सी है *(गाता है)* "ले लो यह खजूर, रानीजी।"

(चला जाता है)

वैर्शिनिन : ठीक ही तो है...*(हँसता है)* मगर है गोरख-धन्धा ही ! *(कुछ देर चुप्पी)* जब आग शुरू हुई तो मैं दम छोड़कर भागा-भागा घर गया, वहाँ जाकर मैंने देखा कि हमारा घर तो बिल्कुल ठीक-ठाक, ख़तरे से एकदम बाहर है, लेकिन मेरी छोटी-छोटी लड़कियाँ सोने के कपड़े पहने ही दरवाज़े में खड़ी हैं। उनकी माँ का कहीं कोई पता नहीं था। लोग चीख़ते-पुकारते इधर-से-उधर भाग रहे थे। कुत्ते, घोड़े यहाँ-वहाँ दौड़ रहे थे। मेरे बच्चों के चेहरे, खौफ़ या प्रार्थना या पता नहीं क्यों, फ़क पड़े थे। चेहरे देखकर मेरा दिल मसोसकर रह गया। मैंने सोचा, हे भगवान, इन बच्चों का अब सारी जिन्दगी बिताने का सहारा कौन सा बचा है ? मैंने उनके हाथ पकड़े और दौड़ पड़ा। वे अब इस दुनिया में किसके सहारे दिन काटेंगे—इस बात के सिवा और बात ही दिमाग़ में नहीं थी...*(कुछ देर रुककर)* मैं जब यहाँ आया तो देखा, यहाँ इनकी माँ रो, चीख़ रही है, नाराज़ हो रही है।

(माशा तकिया-चादर लेकर लौट आती है और सोफ़े पर बैठ जाती है।)

वेर्शिनिन : जिस समय मेरी बच्चियाँ सोने के कपड़े पहने दरवाज़े पर खड़ी थीं और सारी सड़क लपटों से लाल-लाल हो रही थी, चारों तरफ़ भयानक कोलाहल छाया हुआ था–तो मुझे लगा शायद वर्षों पहले जब दुश्मन अचानक हमला कर दिया करते थे और लूटपाट करना, आग लगाना शुरू कर देते थे; तब भी शायद ऐसा ही कुछ दृश्य हो जाता होगा। और सच पूछा जाए तो आज में और जो कुछ पहले होता था उसमें फ़र्क ही क्या है ? इसी तरह जब थोड़ा सा वक़्त; यानी दो-तीन सौ साल और बीत जाएँ; ये लोग हमारे आज के जीवन के ढर्रे को भी बड़े भयभीत होकर घृणा-भरी मुस्कुराहटों से देखा करेंगे। आज की हर चीज़ उन्हें बड़ी बेहूदी और बोझिल, बड़ी विचित्र और कष्टदायक लगेगी। आह, कैसी विचित्र सचमुच वह ज़िन्दगी होगी...कितनी अद्‌भुत। *(हँसता है)* माफ़ कीजिए, मैं फिर सिद्धान्त बघारने लगा हूँ ! आज्ञा दें तो चालू रखूँ। भविष्य के बारे में बोलते रहने की मेरे मन में न जाने कितनी ललक है। इस वक़्त ज़रा तरंग में हूँ *(कुछ देर चुप रहकर)* लगता है आप सब लोग सो गए। हाँ, तो मैं कह रहा था कि कैसी अद्‌भुत वह ज़िन्दगी होगी...क्या आप उसकी कल्पना ही करके देख सकते हैं ? आज इस शहर-भर में आप जैसे सिर्फ़ तीन आदमी हैं; लेकिन आनेवाली पीढ़ियों में और होंगे...फिर और होंगे, फिर और बढ़ेंगे...। एक समय आएगा जब दुनिया की सारी बातें ठीक उसी प्रकार का रूप ले लेंगी जैसे रूप का आप समर्थन करते हैं...जैसा रूप आप चाहते हैं। लोग ठीक आपके सपनों की दुनिया के अनुसार जिएँगे; लेकिन धीरे-धीरे आप भी पुराने पड़ते जाएँगे–तब ऐसे-ऐसे लोग इस धरती पर जन्म लेंगे तो आपसे अच्छे होंगे *(हँसता है)* आज पता नहीं मैं कैसी विचित्र मानसिक स्थिति में हूँ। ज़िन्दगी के लिए मेरे दिल में बड़ा भयानक प्यार उमड़ रहा है *(गाता है)*...

"सभी प्यार में बँधे हुए हैं, बूढ़े और जवान,
प्यार-भावना इस धरती पर सबसे शुद्ध महान्।"

माशा : *(गुनगुनाती है)* तनन : तनन तन तूम...

वैर्शिनिन : *(जवाब में गुनगुनाता है)* तूम तनन-तनन...

(हँस पड़ता है)

फ़ैदोतिक : *(नाचता है)* जल गया—जल गया—जल गया रे। मेरा घर-बार सब जल गया रे।

इरीना : यह क्या बेहूदा मज़ाक़ है ? तुम्हारा क्या सब कुछ जल गया ?

फ़ैदोतिक : *(हँसकर)* इस धरती पर मेरा जो भी कुछ था सब स्वाहा हो गया। कुछ भी नहीं बचा। मेरा गिटार जल गया, कैमरा जल गया, सारे पत्र जल गए। जो नोटबुक मैं तुम्हें देनेवाला था वह भी जलकर भस्म हो गया।

(सोल्योनी का प्रवेश)

इरीना : *(सोल्योनी से)* नहीं, वैसिली-वैसिलिच, आप फ़ौरन चले जाइए। आप यहाँ नहीं आ सकते।

सोल्योनी : क्यों, बैरन साहब तो यहाँ आ सकते हैं ? मैं ही क्यों नहीं आ सकता ?

वैर्शिनिन : अच्छा, अब तो हमें चलना चाहिए। आग कैसी है, अब ?

सोल्योनी : लोग कहते हैं कि अब तो ठंडी हो चली है। नहीं साहब मैं बिल्कुल नहीं समझ पाता कि बैरन तो यहाँ डँटे रह सकते हैं, मैं आ भी नहीं सकता।

(इत्र की शीशी निकालकर अपने ऊपर छिड़कता है)

वैर्शिनिन : *(गुनगुनाता है)* तर-र-र-तनन...ताम...

माशा : तर-र-र-र...ताम...

वैर्शिनिन : *(सोल्योनी से हँसकर)* आओ, खाने के कमरे में चलें।

सोल्योनी : बहुत ठीक, चलकर हम सब इसे लिख डालेंगे। शायद मुझे अपनी बात फिर कभी साफ़ करनी पड़े। डर यही है, कि कहीं बतख़- बाबू भड़क न उठें...*(तुज़ेनबाख़ की ओर देखकर)* चुक-चुक- चुक-चुक...

(फ़ैदोतिक और वार्शिनिन के साथ चला जाता है।)

इरीना : इस कमबख़्त सोल्योनी ने भी कमरे में कैसी तम्बाकू की बदबू-भर डाली है। *(साश्चर्य)* बैरन साहब सो गए ! बैरन, बैरन !

तुज़ेनबाख़ : *(जागकर)* हाँ, मैं तो बहुत थक गया...ईंटों का भट्टा। नहीं नहीं, मैं नींद में नहीं बर्रा रहा हूँ, यहाँ से सीधा ईंटों के भट्टे पर ही जाऊँगा...काम करना शुरू

करूँगा। क़रीब-क़रीब सब कुछ तय हो चुका है *(इरीना से कोमल स्वर में)* तुम कैसी दुबली-पतली, सुन्दर सलोनी और प्यारी-प्यारी हो। मुझे तो लगता है जैसे तुम्हारी सुनहरी कान्ति अँधेरे वातावरण में रोशनी बिखरा रही हो...तुम बहुत उदास हो...जीवन से घोर असन्तुष्ट...है न ? अच्छा, आओ, मेरे साथ चलो। आओ, हम लोगा साथ-साथ काम करें।

माशा : बैरन साहब, अब आप भी जाइए।

तुज़ेनबाख़ : *(हँसकर)* अरे, क्या तुम भी यहीं हो ? मैंने तुम्हें तो देखा ही नहीं। *(इरीना का हाथ चूमकर)* अच्छा-नमस्कार, मैं चलता हूँ, अब तुम्हें देखता हूँ और फिर उस दिन की बात याद करता हूँ—तो लगता है जैसे उस बात को न जाने कितने युग बीत गए हैं, जब जन्म-दिन की पार्टी में तुमने परिश्रम करने के आनन्द से भरी ज़िन्दगी का सपना देखा था।...वह सब क्या हो गया ? *(उसका हाथ चूमता है)* अरे तुम्हारी आँखों में तो आँसू भर आए...अच्छा थोड़ा सो लो, रोशनी फैल रही है। क़रीब-क़रीब सुबह हो ही चुकी है...काश, मैं तुम्हारे ऊपर अपना जीवन निछावर कर पाता...इतनी छूट मुझे मिल जाती।

माशा : बैरन साहब, सचमुच आप अब चले जाइए।

तुज़ेनबाख़ : मैं जा रहा हूँ— *(चला जाता है)*

माशा : *(लेटकर)* फ्योदोर, सो गए क्या तुम ?

कुलिगिन : आँ ऽ ऽ ?

माशा : अच्छा हो, तुम भी घर जाकर लेटो।

कुलिगिन : मेरी प्यारी माशा...मेरी जान।

इरीना : यह बहुत थक गई है। फैद्या, इसे थोड़ा आराम कर लेने दो।

कुलिगिन : मैं बस जा ही रहा हूँ...आह, मेरी ख़ूबसूरत बीबी, प्राण-धन, मैं तुम्हें प्यार करता हूँ।

माशा : *(झुँझलाकर फ्रेंच में व्याकरण के रूप बोलती है)* मैं प्यार करता हूँ, तुम प्यार करते हो, आप प्यार करते हैं; वह प्यार करता है, वे प्यार करते हैं—तू प्यार करता है।

कुलिगिन : *(हँसकर)* वाह, क्या गज़ब की औरत है। तुम्हें मेरी पत्नी बने हुए सात साल हो गए, लेकिन लगता ऐसा

है जैसे कल ही हम लोगों की शादी हुई हो। क़सम से, तुम भी क्या कमाल की औरत हो...मैं कितना किस्मत वाला हूँ; सन्तुष्ट हूँ !

माशा : मैं तुमसे ऊब उठी हूँ, ऊब उठी हूँ... *(एकदम उठ बैठती है)* और एक बात ऐसी भी है जो मेरी खोपड़ी से ही नहीं निकलती। देखो न, कितनी झुँझलाहट पैदा करनेवाली बात है...यह मेरे सिर में ठुकी हुई कील की तरह खटक रही है। मुझ से चुप नहीं रहा जा रहा। मैं आन्द्रे भैया के बारे में कह रही हूँ। उन्होंने कर्ज लेकर सारे घर को बैंक में गिरवी रख दिया है और भाभी ने वह सारा रुपया झटककर अपने पास रख लिया है। तुम तो जानते ही हो कि घर सिर्फ़ उन्हीं का नहीं है। घर तो हम चारों का है। अगर उनमें ज़रा भी शिष्टता और अकल है तो उन्हें खुद सोचना चाहिए।

कुलिगिन : इन सबको लेकर क्यों परेशान होती हो ? तुम्हें क्या पड़ी है ? आन्द्रूशा नाक तक कर्ज़े में डूबे हैं। इतना जानना काफ़ी है।

माशा : कुछ भी हो, गुस्सा आने की तो बात ही है।

कुलिगिन : हम कोई भिखमंगे नहीं हैं जी। मैं काम करता हूँ—हाईस्कूल में पढ़ाने जाता हूँ। इसके अलावा मैं प्राइवेट-ट्यूशन भी कर लेता हूँ। मैं अपने काम में मस्त हूँ, मेरे बारे में कोई इधर-उधर ऐसी-वैसी बात नहीं कह सकता।

माशा : चाहिए तो मुझे भी कुछ नहीं, लेकिन अन्याय देखकर तो गुस्सा आ ही जाता है *(कुछ देर रुककर)* फ़्योदोर, अब तुम जाओ।

कुलिगिन : *(उसका चुम्बन लेकर)* तुम बहुत थक गई हो। घंटे-आध घंटे आराम कर लो। मैं कहीं भी कुछ देर बैठकर तुम्हारी राह देखता रहूँगा। *(जाते हुए)* मैं सन्तुष्ट हूँ...मैं सन्तुष्ट हूँ—सन्तुष्ट हूँ।

इरीना : देखो तो सही, हमारे आन्द्रे भैया कैसे ओछे दिल के हो गए हैं। इस औरत के साथ तो मानो बुड्ढे खूसट से होते जा रहे हैं। कभी समय था जब प्रोफ़ेसर होने के लिए यह कितना परिश्रम करते थे और कल यह शेख़ी बघार रहे थे कि "आख़िर में ग्राम-पंचायत का मेम्बर

हो गया...।'' यह मेम्बर हैं और प्रोतोपोव चेयरमैन है—इस पर सारी बस्ती हँसती है, काना-फूसी करती है। लोग तरह-तरह की बातें करते हैं, मगर एक यही है कि न कुछ देखते हैं, न जानते हैं। यहीं देख लो न बच्चा-बच्चा आग बुझाने जा रहा है और भैया हैं कि अपने कमरे में बैठे हैं—इन्हें जैसे दुनिया से कोई मतलब ही नहीं। बस वायलिन बजाने के सिवा कुछ भी नहीं करते...*(असहाय-सी हताश स्वर में)* हाय...क्या हो रहा है, कैसा ग़ज़ब है...भयंकर ! *(रोने लगती है)* मुझसे अब और सहा नहीं जाता...बिल्कुल नहीं सहा जाता। बिल्कुल भी नहीं।

(इरीना प्रवेश करके अपनी शृंगार-मेज़ को ठीक-ठाक करने लगती है।)

इरीना : *(जोर-जोर से सिसकियाँ भरते हुए)* मुझे यहाँ से धक्का देकर निकाल दो, भगा दो...मुझसे अब यह सब सहा नहीं जाता...

ओल्गा : *(चौंककर)* क्या हुआ ? बहन क्या हुआ ?

इरीना : *(सिसकते हुए)* कहाँ गया ? सब कुछ कहाँ चला गया ? कहाँ है सब कुछ ? हाय भगवान ! उफ़, सब कुछ भूलभाल गई। मुझे तो एकदम याद नहीं रहा...दिमाग़ में कितनी सारी चीज़ें एक-दूसरी में गड़बड़ हो गई हैं। इतालवी भाषा में 'खिड़की' या 'छत' को क्या कहते हैं यह तक तो मुझे ध्यान नहीं आ रहा...दिमाग़ से हर चीज़ उड़ती चली जा रही है। रोज़ कुछ-न-कुछ भूलती जा रही हूँ। ज़िन्दगी फिसलती चली जा रही है।...फिर कभी नहीं लौटेगी...हम लोग कभी भी मॉस्को नहीं जा पाएँगे...मैं अच्छी तरह जानती हूँ, हम लोग मॉस्को नहीं जा पाएँगे...

ओल्गा : बहन...मेरी बहन...

इरीना : *(अपने आप पर संयम करके)* उफ़, मैं भी कितनी बुरी हूँ। मुझसे काम नहीं होता...अब काम करना भी नहीं चाहती...जी भरकर कर लिया...बहुत कर लिया। मैं टेलिग्रॉफ़-क्लर्क थी—आज मैं नगर-सभा में काम करती हूँ। वहाँ जो भी काम दिया जाता है वह मुझे रत्ती-भर अच्छा नहीं लगता। उन सबसे मुझे घृणा है। मैं चालीस

साल की होने आ रही हूँ—बरसों हो गए काम करते हुए...मेरे दिमाग़ का सारा रस निचुड़ता चला जा रहा है...सूखती चली जा रही हूँ, बुढ़िया और कुरूपा होती जा रही हूँ। कहीं एक तिल-भर तो शान्ति नहीं मिलती। समय आँधी की तरह भागा चला जा रहा है। हमेशा लगता रहता है जैसे वास्तविक और सुन्दर ज़िन्दगी से दिन-दिन दूर होती चली जा रही हूँ...मैं हार चुकी हूँ...कभी-कभी मुझे खुद आश्चर्य होता है कि कैसे ज़िन्दा हूँ—क्यों नहीं मैं आत्महत्या कर डालती ?

ओल्गा : मत रोओ बहन, यों मत रोओ। देखो, मुझे भी इससे कितना दुःख होता है।

इरीना : मैं रो नहीं रही...बिल्कुल नहीं रो रही...रोना तो चुक गया...लो, अब तो नहीं रो रही, अब नहीं रोऊँगी... क़तई नहीं रोऊँगी।

ओल्गा : इरीना, मैं तुझसे बहन की तरह कहती हूँ। हितैषी मित्र की तरह कहती हूँ अगर मेरी सलाह मानो तो बैरन से शादी कर डालो !

(इरीना रोने लगती है)

ओल्गा : *(पुचकार कर)* तुम्हीं देखो, तुम उनकी कितनी इज़्ज़त करती हो। उनके बारे में तुम्हारे विचार बड़े ऊँचे हैं।...क्या हुआ अगर वे ज़रा कुरूप हैं, लेकिन आदमी कितने अच्छे हैं। ऐसे भले हैं कि...और सभी कोई तो प्यार के लिए ही शादी नहीं करते फ़र्ज के लिए भी करते हैं। ख़ैर, यह मेरा अपना मत है। मैं तो बिना प्यार किए ही शादी करूँगी। शादी का जो भी कोई मुझसे प्रस्ताव करेगा, मैं उसी से शादी कर लूँगी। हाँ बस, आदमी भला हो...मैं तो बूढ़े तक से शादी करने को तैयार हूँ।

इरीना : अभी तक तो आशा लगी रही कि हम लोग मॉस्को चले जाएँगे—वहाँ मैं अपने सच्चे प्रेमी से मिलूँगी—मैं उसे सपनों में देखती रही हूँ...उसे निरन्तर प्यार करती हूँ; लेकिन अब लगता है, वह सब दिमाग़ी फ़ितूर है, कोरी बकवास...और कुछ नहीं।

ओल्गा : *(अपनी बहन को बाँहों में बाँध लेती है)* मेरी बहन, प्यारी बहन, मैं सब समझती हूँ। जब बैरन ने फ़ौज की

नौकरी छोड़ दी थी और सादा कोट पहनकर हमारे यहाँ आए थे तभी मेरे मन में आया—कैसे कुरूप लगते हैं ये ! मैं तो सचमुच रोने-रोने को हो आई। उन्होंने मुझसे पूछा...''क्यों रोती हो ?'' मैं उन्हें कैसे बताती ?—लेकिन भगवान अगर तुम दोनों की जोड़ी मिला दे तो मुझे बड़ी खुशी हो...वह तो मैंने एक बात की बात कही। तुम खुद जानती हो—मेरा मतलब दूसरा है।

(नताशा हाथ में एक मोमबत्ती लेकर बिना कुछ बोले दाहिने दरवाज़े से मंच को पार करती हुई बाएँ दरवाज़े की ओर चली जाती है।)

माशा : *(उठ बैठती है)* ऐसी चुपके-चुपके घूमती है, जैसे गाँव में आग इसी ने लगाई हो।

ओल्गा : माशा, तुम तो बेवकूफ़ हो। बुरा मत मानना, घर-भर में अगर कोई बुद्धू है तो तुम।

(कुछ देर चुप्पी)

माशा : ओल्गा और इरीना दीदी, मैं आपके सामने अपना 'पाप' स्वीकार करना चाहती हूँ—मेरे दिल में बड़ी उथल-पुथल मची है। मैं तुम्हारे सामने ही स्वीकार कर रही हूँ, फिर कभी किसी के सामने कुछ नहीं बोलूँगी *(धीरे-से)* यह मेरा गुप्तभेद है; लेकिन आप से छिपाकर करना भी क्या है। अब मेरे दिल में बात समा नहीं रही *(कुछ देर ठिठक कर)* मैं प्यार करने लगी हूँ...प्यार करने लगी हूँ। मैं किसी को प्यार करने लगी हूँ। आप लोगों ने अभी-अभी उसे देखा है...अच्छा लो, अब सीधा ही बताए देती हूँ...मैं वैर्शिनिन को प्यार करती हूँ ?

ओल्गा : *(अपनी मसहरी के पीछे जाते हुए)* छोड़ो भी। तुम कुछ करो, मुझे नहीं सुनना।

माशा : लेकिन मैं करूँ क्या ? *(अपने माथे को हाथों से दबा लेती है)* पहले तो मुझे वह बड़े विचित्र-अनोखे-से लगे...फिर उन पर बड़ी दया आई...फिर अचानक मैं उन्हें प्यार करने लगी। उनके स्वर, उनकी बातें, उनके दुर्भाग्य और उनकी दोनों लड़कियाँ, सभी को प्यार करने लगी।

ओल्गा : *(पर्दे के पीछे से)* ख़ैर, मुझे तुम्हारी कोई बात नहीं सुननी। मुझे तुम्हारे बुद्धूपने की एक भी बात नहीं

सुननी।

माशा : उँह, ओल्गा दीदी, तुम खुद बुद्धू हो...मैं तो उन्हें प्यार करने लगी हूँ—मेरी यही कमबख़्ती है। मतलब, मेरी तक़दीर में यही लिखा है। और उन्हें भी मुझसे प्यार है। बस, यह बुरी बात है। है न यही बात ? अच्छा क्या यह ग़लत है ? *(इरीना की बाँह थामकर उसे अपनी ओर खींचती है)* मेरी प्यारी दीदी, हम लोग कैसे अपनी-अपनी ज़िन्दगियाँ बिताएँगी ? हमारा क्या होगा ?...जब हम कोई उपन्यास पढ़ते हैं तो सब कुछ बड़ा सहज, बड़ा बासी-बासी लगता है; लेकिन जब खुद प्यार में पड़ जाते हैं तो लगता है जैसे न तो कोई कुछ देखता है, न समझता है...सारी बातों को हमें खुद ही सुलटाना होगा। मेरी प्यारी दीदी, मेरी बहन...जो सत्य था सो मैंने आपके सामने कह दिया। अब एकदम मुँह बन्द करके बैठी जाती हूँ...मैं गोगोल के पागल जैसी बनी जाती हूँ...चुप...बिल्कुल चुप।

(आन्द्रे और उसके पीछे-पीछे फ़ैरापोंट का प्रवेश)

आन्द्रे : *(गुस्से से)* समझ में नहीं आता, तुम आख़िर चाहते क्या हो ?

फ़ैरापोंट : *(अधीरता से दरवाज़े में से ही)* आन्द्रेसर्जीएविच्, मैं आपको दस बार तो बता चुका।

आन्द्रे : पहली बात तो यह कि मैं आन्द्रे सर्चीएविच् बिल्कुल नहीं,—तुम्हारे लिए सरकार हूँ।

फ़ैरापोंट : सरकार, कोयला झोंकनेवाले पूछते हैं कि क्या वे आपके बगीचे से होकर नदी तक चले जाएँ ? वर्ना उन्हें बेकार ही दुनिया-भर का चक्कर लगाकर जाना पड़ेगा।

आन्द्रे : बहुत अच्छा...उनसे कह दो—ठीक है चले जाएँ। *(फ़ैरापोंट चला जाता है)* मेरी तो नाक में दम आ गया इनके मारे। ओल्गा कहाँ है ? *(ओल्गा मसहरी के पीछे से निकलकर आती है)* मैं तुमसे आलमारी की ताली माँगने आया था। मेरी तालियाँ—जाने कहाँ खो गईं। तुम्हारे पास एक छोटी-सी चाबी है न ?

(ओल्गा उसे चुपचाप चाबी दे देती है। इरीना मसहरी के पीछे चली जाती है। एक चुप्पी)

आन्द्रे : कैसी भीषण आग थी, उफ़ ! अब तो बुझने लगी

है...भाड़ में जाए, इस फ़ैरापोंट के बच्चे ने मुझे इतना झल्ला दिया कि मैं भी क्या बेवकूफ़ी की बात कर बैठा—"सरकार !" *(कुछ देर चुप रहकर)* ओल्या, तुम कुछ बोलती क्यों नहीं हो ?...*(फिर एक क्षण चुप्पी)* अब तो यह बेवकूफ़ी और व्यर्थ का रूठना-मटकना छोड़ दो...अच्छा माशा, तुम भी यहीं हो, और इरीना भी है। बड़ा अच्छा हुआ। तो आओ, आज हम लोग बैठकर सारी बातें हमेशा के लिए साफ़ कर लें। बताओ तुम्हें मुझसे क्या-क्या शिकायतें हैं ? सब बोल डालो...

ओल्गा : आन्द्रूशा, अब छोड़ो भी। कल बातें करेंगे, *(घबरा जाती है)* आज की रात कैसी मनहूस है।

आन्द्रे : *(एकदम बौखलाकर)* उत्तेजना में मत आओ...मैं तुमसे बहुत ही शान्ति से पूछ रहा हूँ कि तुम्हें मुझसे शिकायतें क्या क्या हैं, मुझसे साफ़-साफ़ कहो न...।

(वेर्शिनिन का स्वर—त न न न् त् म—त न न्...)

माशा : *(उठी खड़ी होती है। ऊँचे स्वर में)* त्म त न—तन न...*(ओल्गा से)* अच्छा ओल्गा दीदी, नमस्कार। ओल्गा...खुदा हाफ़िज़। *(पर्दे के पीदे जाकर इरीना का चुम्बन लेती है)* ख़ूब अच्छी तरह सोना...आन्द्रे भैया, नमस्कार...अच्छा हो, तुम अब इनका पीछा छोड़ दो। ये बहुत थक गई हैं...सारी बातें कल तय कर लेना। *(चली जाती है)*

ओल्गा : आन्द्रे भैया, इन सब पर कल ही बात-चीत कर लेंगे न *(पर्दे के पीछे चली जाती है)* अब हम लोगों के सोने का समय हो चला है।

आन्द्रे : मुझे जो कहना है, जब वह सब कह लूँगा, तभी जाऊँगा। सीधी बात...पहले तो यह कि तुम्हें मेरी पत्नी नताशा के खिलाफ़ कुछ शिकायतें हैं—और वे आज से नहीं, जिस दिन मेरी शादी हुई उसी दिन से हैं। मेरी तो राय यह है कि नताशा, अद्भुत स्त्री है—बड़ी विचारवान, बड़ी ईमानदार, बड़ी स्पष्टवक्ता और बड़ी सम्मान-योग्य। मैं अपनी पत्नी को प्यार करता हूँ—उसकी इज़्ज़त करता हूँ, समझीं तुम लोग ? मैं उसकी इज़्ज़त करता हूँ—और दूसरों से उम्मीद करता

हूँ, वे भी उसकी इज़्ज़त करें। मैं फिर कहता हूँ कि वह बहुत महान और दिलवाली औरत है और उससे तुम्हें जो-जो शिकायतें हैं वे सब तुम्हारी बहक है—बुड्ढियों जैसी सनक है...बुड्ढियाँ न कभी अपनी भाभियों को पसन्द करती हैं, न कर सकती हैं। सारी दुनिया का क़ायदा है। *(कुछ देर चुप रहकर)* दूसरे : तुम लोग मुझसे इसलिए भी नाराज़ हो कि मैं प्रोफेसर क्यों नहीं बना—कुछ पढ़ने-लिखने का काम क्यों नहीं करता, लेकिन मैं प्रशासक (ऐडमिंस्ट्रेटर) जेमस्त्वो की नौकरी में हूँ। ग्राम-पंचायत का मेम्बर हूँ, और समझता हूँ कि यह नौकरी भी इतनी ही पवित्र और महान है, जैसी पढ़ने-पढ़ाने की। अगर तुम सुनना ही चाहती हो, तो मैं सुनाए देता हूँ कि मैं ग्राम-पंचायत का मेम्बर हूँ और मुझे इस पर गर्व है *(कुछ देर चुप रहकर)* तीसरे; एक बात और भी कहना चाहता हूँ। मैंने तुम्हारे बिना पूछे ही घर को गिरवी रख दिया है। हाँ, चाहो तो इस बात पर तुम मुझे कुसूरवार ठहरा सकती हो। तुमसे इसके लिए माफ़ी चाहता हूँ। मुझे पैंतीस हज़ार कर्ज़े की वजह से यह सब करना पड़ा है। जुआ अब मैं कहाँ खेलता ? ताशों को बहुत पहले ही तिलांजलि दे चुका, लेकिन अपने बचाव के लिए सबसे बड़ी बात मैं यह कह सकता हूँ कि तुम लोग अविवाहित लड़कियाँ हो, सो पिताजी की पेंशन तुम्हें मिल जाती है। मुझे क्या मिलता है ? कह लो, अपनी मज़दूरी...

(चुप्पी रहती है।)

कुलिगिन : *(दरवाज़े से ही)* यहाँ माशा है क्या ? *(चिन्तित होकर)* ग़ई कहाँ ? अजब मुसीबत है।

(चला जाता है।)

आन्द्रे : अब सुनेंगी थोड़े ही। नताशा, बड़ी महान् और दिलवाली औरत है। *(मंच पर इधर-से-उधर घूमता है। फिर रुक जाता है)* जब मैंने इससे शादी की थी तो सोचा था, हम लोग बड़े प्रसन्न रहेंगे, सबके सब खुश रहेंगे, लेकिन...हाय, भगवान् *(रोने लगता है)* बहनो, मेरी प्यारी बहनो, मैंने जो भी कुछ कहा है उसे सच मत मानना; उस पर बिल्कुल विश्वास मत करना।

(चला जाता है।)

कुलिगिन : *(दरवाज़े से ही बड़ी बेचैनी से)* माशा कहाँ है ? यहाँ नहीं है क्या ? अजब बात है ?

(चला जाता है।)

(सड़क पर आग बुझानेवालों की घंटी बजती है। मंच बिल्कुल ख़ाली है।)

इरीना : *(पर्दे के पीछे से)* ओल्गा, यह फ़र्श को कौन खटखटा रहा है ?

ओल्गा : डॉक्टर शैबुंतिकिन हैं...नशे में धुत हैं।

इरीना : *(कुछ देर रुककर)* ओल्या ! *(अपने पर्दे से मुँह निकालकर झाँकती है)* तुमने सुना कुछ ? फ़ौज़ यहाँ से हटा कर कहीं ले जाई जा रही है। फ़ौजवालों का कहीं बहुत दूर तबादला हो जाएगा।

ओल्गा : कोरी अफ़वाह ही अफ़वाह है।

इरीना : ओल्या, हम लोग फिर अकेली रह जाएँगी न ?

ओल्गा : अच्छा ?

इरीना : मेरी दीदी, मेरी बहन, मेरे दिल में बैरन के लिए बड़ी इज़्ज़त है। उनके बारे में मेरे विचार बड़े ऊँचे हैं। वे बहुत ही अच्छे आदमी हैं। मैं राज़ी हूँ कि उनसे शादी कर लूँगी...बस, किसी तरह हम लोग मॉस्को चले चलें...। तुम्हारे हाथ जोड़ती हूँ–जैसे भी हो यहाँ से चलो। मॉस्को से बढ़कर दुनिया में कुछ नहीं है, चलो ओल्या, चलें...वहीं चलें...।

(पर्दा गिरता है।)

चौथा अंक

(उसी वर्ष की शरद ऋतु। ठीक दोपहरी का समय। प्रोज़ोरोव परिवार के मकान का पुराना बगीचा। दोंनो ओर देवदार के पेड़ों की एक लम्बी चली जाती सड़क—और उसके दूसरे छोर पर एक नदी का दृश्य। नदी के दूसरे किनारे पर जंगल। दाहिनी ओर घर का बरामदा। एक मेज़ पर रखे काँच के गिलासों और बोतलों से स्पष्ट है कि अभी यहाँ बैठकर शॅम्पेन पी जा रही थी। कभी-कभी बगीचे को पार करते हुए लोग नदी की ओर आते-जाते रहते हैं। पाँच सिपाही दनदनाते हुए गुज़र जाते हैं। मज़े में आया हुआ आनन्दपूर्ण मुद्रा में, शैबुतिकिन बाग़ में एक आरामकुर्सी पर बैठा, बुलाए जाने की राह देख रहा है। उसकी यह मनस्थिति पूरे अंक में चलती है। उसके सिर पर फ़ौज़ी टोपी और हाथ में छड़ी है। इरीना के साथ कुलिग़िन (सफ़ाचट मूँछें और छाती पर गोदना) और तुज़ेनबाख़ बरामदे में खड़े फ़ैदोतिक और रोदे से विदा ले रहे हैं। कूच करने

की वर्दी पहने हुए दोनों अफ़सर सीढ़ियों से नीचे उतर रहे हैं।)

तुज़ेनबाख़ : *(फ़ैदोतिक का चुम्बन लेते हुए)* फ़ैदोतिक, तुम बड़े अच्छे आदमी हो...। देखो न, हम लोगों ने कैसे साथ-साथ हँसी-खुशी दिन बिता दिए... *(रोदे का चुम्बन लेकर)* एक बार फिर...नमस्कार, मेरे दोस्त ! विदा दो।...

इरीना : अगली बार मिलने तक के लिए विदा।

फ़ैदोतिक : अगली बार मिलने को नहीं—अन्तिम बार विदा। हम लोग फिर कभी मिल ही कहाँ पाएँगे, कभी...?

कुलिगि़न : कौन जाने *(आँसू पोंछकर मुस्कुराता है)* लो देखो, मैं भी तो रोने लगा।

इरीना : कभी-न-कभी हम लोग ज़रूर मिलेंगे।

फ़ैदोतिक : शायद कभी दस-पन्द्रह साल बाद ! लेकिन तब शायद हम लोग एक-दूसरे को पहचान भी मुश्किल से पाएँ और अगर मिलें भी, तो शायद बड़े मरे मन और बुझे-बुझे भाव से मिलेंगे। *(कैमरे से तस्वीर उतारता है।)* चुपचाप खड़ी रहो।...आख़िरी बार एक और।

रोदे : *(तुज़ेनबाख़ को गले लगाकर)* हम लोग अब एक-दूसरे को शायद ही कभी देख पाएँ। *(इरीना का हाथ चूमता है)* आपने हमारे साथ जो-जितना किया है उसके लिए धन्यवाद—शुक्रिया।

फ़ैदोतिक : *(परेशानी से)* अरे भाई, ज़रा ठहरो तो सही।

तुज़ेनबाख़ : भगवान ने चाहा तो हम लोग फिर मिलेंगे। हमें पत्र लिखना। सुना, हमें लिखना-भूल मत जाना।

रोदे : *(बाग़ में चारों ओर दूर तक देखते हुए)* अच्छा बेलि-वृक्षों, विदा दो... *(ज़ोर से पुकार लगाता है)* ओऽऽहोऽऽ *(कुछ देर ठहरकर)* गूँजती आवाज़ो, अब विदा दो।

कुलिगि़न : कौन जाने तुम पोलैंड में जाकर शादी ही कर डालो। तुम्हारी पोलिश पत्नी तुम्हें गोद में भरकर कहेगी—"मेरे मुंड्या।"

(हँसता है)

फ़ैदोतिक : अब तो अपने पास आध घंटे से भी कम समय है। हमारी फ़ौज के लोगों में से बजरे के साथ सामान लदवाकर सिर्फ़ सोल्योनी ही जा रहा है। हम लोग सब

मुख्य हिस्से के साथ रहेंगे। फ़ौज की तीन टुकड़ियाँ आज जा रही हैं, तीन कल और चली जाएँगी। इसके बाद तो सारी बस्ती में शान्ति और सन्नाटा छा जाएगा।

तुज़ेनबाख़ : साथ ही साथ एक भयंकर उदासी और मुर्दनी भी तो छा जाएगी।

रोदे : मार्या सर्जीएव्ना कहाँ गई ?

कुलिग़िन : माशा बाग़ में है।

फ़ैदोतिक : उनसे भी तो विदा ले लें हम लोग।

रोदे : अच्छा, अब विदा दें। हम वहीं चले चलेंगे, या लीजिए मैं यहीं से चिल्लाना शुरू करता हूँ। *(जल्दी-जल्दी तुज़ेनबाख़ और कुलिग़िन को गले लगाकर इरीना का हाथ चूमता है)* यहाँ हम लोगों का समय कैसे आनन्द में बीत गया।

फ़ैदोतिक : *(कुलिग़िन से)* कभी-कभी अपनी याद दिलाने को यह एक छोटी-सी निशानी है। आपके लिए पेंसिल और एक नोटबुक है। अब हम लोग यहीं से सीधे नदी पर चले जाएँगे।

(जाते हुए दोनों मुड़-मुड़कर देखते हैं।)

रोदे : *(ज़ोर से पुकारकर)* हल्लोऽऽ।

कुलिग़िन : *(उसी तरह ज़ोर से)* अल-विदाऽऽ

(नेपथ्य में रोदे और फ़ैदोतिक माशा से मिलते हैं और उससे विदा लेते हैं। वह भी उनके साथ चली जाती है।)

इरीना : ये लोग चले गए... *(बरामदे की अन्तिम सीढ़ी पर बैठ जाती है।)*

शैबुतिकिन : मुझसे विदा लेने का तो शायद उन लोगों को ध्यान भी नही आया...।

इरीना : और आप आख़िर डूबे हुए किस सोच में थे।

शैबुतिकिन : अरे हाँ, मैं खुद भी भूल गया था। पर ख़ैर, मैं तो उनसे फिर जल्दी ही मिल लूँगा। कल ही तो जाना है। जी हाँ, मेरे पास एक दिन का समय और है। साल-भर में मेरा नाम रिटायर्ड लोगों की सूची में आ जाएगा। इसके बाद तो यहीं लौट आऊँगा और सारी जिन्दगी तुम लोगों के पास ही बिता दूँगा। *(जिस अख़बार को पढ़*

रहा था उसे जेब में रखता है और दूसरा निकाल लेता है) इस बार यहाँ आकर मैं एकदम नई तरह की ज़िन्दगी शुरू करूँगा। ऐसा शान्त सीधा बन जाऊँगा कि बस। भगवान से डरा करूँगा। सबसे अच्छी तरह व्यवहार करूँगा।

इरीना : डॉक्टर साहब, आपको तो सचमुच अपने जीवन का ढर्रा बदल ही देना चाहिए। जो भी हो—आपके लिए यह बहुत ज़रूरी है।

शैबुतिकिन : हाँ, मुझे खुद भी यही लगता है *(धीरे-धीरे गुनगुनाता है)* तरारा...रा रा...बूम...तरारा...रा बूम...

कुलिगि़न : अरे, हमारे डॉक्टर साहब पूरे चिकने घड़े हैं, चिकने घड़े !

शैबुतिकिन : हाँ, तुम मुझे सिखाने-पढ़ाने का ज़िम्मा ले लो तो भले ही कुछ सुधर जाऊँ शायद !

इरीना : फ़्योदोर ने अपनी सारी मूछें मुड़ा डाली हैं। अब इनकी ओर देखा तक नहीं जाता।

कुलिगि़न : क्यों ? क्या बुराई है ?

शैबुतिकिन : तुम्हारा चेहरा अब कैसा लगता है, मैं बता सकता हूँ, लेकिन बताऊँगा नहीं।

कुलिगि़न : छोड़िए भी...क्या होता है मूछें मुड़ा लेने से ?...हमारे हेडमास्टर साहब मुँछ-मुँड़े हैं और जब मैं उनका सहायक हेडमास्टर हो गया तो मैंने भी सफ़ाचट करा लीं। अगर किसी को पसन्द नहीं हैं तो मैं क्यों चिन्ता करूँ ? मुझे तो सन्तोष है। मूँछें रहें या न रहें, मेरे लिए दोनों बराबर हैं।

(बैठ जाता है।)

(पृष्ठभूमि में एक बच्चा-गाड़ी में बच्चा सुलाए हुए आन्द्रे उसे इधर-से-उधर धकेलता रहता है।)

इरीना : डॉक्टर साहब, सचमुच मेरे मन में बड़ी कुलबुलाहट मच रही है। कल आप छायादार सड़क पर गए थे न, सच-सच बताइए वहाँ हुआ क्या ?

शैबुतिकिन : क्या हुआ ? कुछ तो नहीं। कोई ख़ास बात नहीं, *(अखबार पढ़ता है)* कोई बताने जैसी बात नहीं है।

कुलिगि़न : किस्सा यह है कि सोल्योनी और बैरन कल थिएटर के पास छायादार सड़क पर टकरा गए...।

तुज़ेनबाख़ : उँह, छोड़िए भी...वाक़ई *(अपने हाथ से ज़ोर से झटककर घर के भीतर चला जाता है।)*

कुलिग़िन : थिएटर के पास सोल्योनी ने बैरन को चिढ़ाना और तंग करना शुरू कर दिया। इनसे सहा नहीं गया। इन्होंने भी कुछ तेज़ बातें कह डालीं...गाली-वाली जैसा कुछ।

शैबुतिकिन : मुझे कुछ नहीं पता, लेकिन यह सब बकवास है।

कुलिग़िन : एक गिरजाघर के टीचर ने लेख के अन्त में लिख दिया—"बकवास।" अब इस शब्द को लैटिन का समझकर शिष्य बड़ा परेशान हुआ *(हँसता है)* अजब मज़ाक़ है ! लोग कहते हैं सोल्योनी इरीना को प्यार करता है, इसीलिए बैरन साहब से उसे नफ़रत है। यों है तो यह स्वाभाविक ही। इरीना लड़की बड़ी अच्छी है *(नेपथ्य से— "आओ हल्लोऽऽ !" का स्वर)*

इरीना : *(चौंककर)* पता नहीं क्यों, आज ज़रा-ज़रा सी बात से मैं सहम उठती हूँ। *(कुछ देर रुककर)* मेरी तैयारी पूरी हो चुकी। खाने के बाद ही मैं सारा सामान भेज दूँगी। कल मेरी और बैरन की शादी हो जाएगी। कल हम लोग ईंटों के भट्ठेवाले मैदान में चले जाएँगे—फिर अगले दिन ही मैं स्कूल में पहुँच जाऊँगी। अब एक नया-जीवन शुरू हो रहा है...हे भगवान्, मेरे ऊपर दया रखना—देखूँ, ईश्वर अब मेरी सहायता किस प्रकार करते हैं। जब मैंने टीचरी का इम्तहान पास किया था, तब मन में ऐसा आनन्द, ऐसा उल्लास उमड़ रहा था कि मैं रो पड़ी थी *(कुछ देर रुककर)* सामान ले जाने के लिए थोड़ी देर बाद गाड़ी आ जाएगी।

कुलिग़िन : और तो सब ठीक है, मगर न जाने क्यों, मुझे इस सब में वह गम्भीरता दिखाई नहीं देती जो इस तरह की बातों में होती है...आदर्श ही आदर्श की बातें हैं—गम्भीरता है ही नहीं। ख़ैर, जो हो मेरी हार्दिक कामना है तुम सुखी होओ।

शैबुतिकिन : *(गद्गद होकर)* मेरी बेटी, मेरी सोने की चिड़िया !

कुलिग़िन : हाँ, आज सारे अफ़सर लोग चले जाएँगे और बाकी सारी चीज़ें धीरे-धीरे जैसे जाया करती हैं, जाती रहेंगी। लोग चाहे जो कहें—माशा कमाल की औरत है। मैं तो उस पर जान देता हूँ और अपने भाग्य को सराहता हूँ। इस

ज़िन्दगी में लोगों की भी तरह-तरह की तकदीरें होती है। यहाँ आबकारी के महकमे में एक आदमी है--नाम है कोज़ीरेव। हम और वह साथ-साथ पढ़े थे, पर उसे पाँचवें क्लास में ही स्कूल से निकाल दिया गया, क्योंकि वह कभी–'ऊतकोज़ेकूतियुम'* का अर्थ ही नहीं समझ पाया। अब वह बड़ा बुझा-टूटा मरियल-सा रहता है और जब कभी मैं उससे मिलता हूँ तो पूछता हूँ--कहो "ऊत कोज़ेकूतियम,"--कैसे हो ? तो वह जवाब देता है..."यों ही 'कोज़ेकूतियम' सा ही हूँ।" फिर खाँसने लगता है। और एक मैं हूँ ज़िन्दगी में जब देखो तब सफल ही होता रहा। किसे कहते हैं तकदीर का सिकन्दर...द्वितीय श्रेणी में मैंने स्तानिस्लावकी डिग्री ली और अब दूसरों को वही–'ऊत कोज़ेकूतियम' शब्द पढ़ाता हूँ। यह तो ठीक है कि मैं बहुत-सों से ज़्यादा तेज़ और समझदार आदमी हूँ, लेकिन मेरी खुशी का असली कारण यह नहीं है।

(कुछ देर चुप्पी रहती है।)

(घर में पियानो पर 'माता-मेरी' की प्रार्थना बजती है।)

इरीना : कल सन्ध्या को मैं यह 'माता मेरी' की प्रार्थना नहीं सुन रही होऊँगी...प्रोतोपोव से नहीं मिल रही होऊँगी *(एक क्षण रुककर)* प्रोतोपोव ड्राइंगरूम में बैठे हैं, आज फिर आ गए हैं वे।

कुलिगिन : अभी तक अपनी हेडमास्टरनी नहीं आईं।

इरीना : नहीं, उन्हें आज बुलवाया है। काश, तुम जान पाते कि ओल्गा दीदी के बिना यहाँ अकेले रहना कितना मुश्किल है। अब वे स्कूल की हेडमास्टरनी हो गई हैं, स्कूल में रहने लगी हैं। सारे दिन व्यस्त रहती हैं और यहाँ मुझे बड़ा अकेला-अकेला-सा लगता है। मैं ऊब उठी हूँ। यहाँ कुछ भी तो करने को नहीं है। जिस कमरे में मैं रहती हूँ उस तक से मुझे नफ़रत हो उठी है। अब तो मैंने जान लिया है कि जब किस्मत में मॉस्को जाना ही नहीं बदा, तो फिर जो है सो सब ठीक ही है। तकदीर का खोट है, इसमें किसी का क्या बस है...सच

---

* लैटिन शब्द : UT Consecutivum=नतीजे में

है "होता है वही जो मंजूरे खुदा होता है।" निकोलाय ल्वेवोविच ने जब दुबारा मुझसे विवाह-प्रस्ताव किया तो मैंने उस पर फिर विचार किया, और तय ही कर डाला है। आदमी वे अच्छे हैं...सचमुच इतने अच्छे हैं कि देख-देखकर बड़ा आश्चर्य होता है। अब तो अचानक मुझे ऐसा लगने लगा है जैसे मेरी आत्मा में पंख उग आए हों। मन बड़ा हल्का-हल्का लगता है और फिर से मन में धुन उठती है काम करो...काम करो। सिर्फ़ कल एक बात हो गई--कोई रहस्य है जो मेरे सिर पर मँडरा रहा है—ऊपर ही ऊपर चक्कर काट रहा है।

शैबुतिकिन : बकवास है।

नताशा : *(खिड़की से)* हेडमास्टरनी।

कुलिगिन : हेडमास्टरनी आ गई। चलो, अब भीतर चलें।
(इरीना के साथ भीतर चला जाता है।)

शैबुतिकिन : *(अख़बार पढ़ता हुआ धीरे-धीरे गुनगुनाता जाता है)* तरारा बूम...तरा रारा बूम..

(माशा पास आ जाती है। पीछे आन्द्रे बच्चागाड़ी को धकेल रहा है।)

माशा : आप यहाँ गुमसुम जमे बैठे हैं।

शैबुतिकिन : हाँ, हाँ—तो बात क्या है ?

माशा : *(बैठ जाती है)* कुछ नहीं...*(कुछ देर चुप रहकर)* आप माँ को प्यार करते थे न ?

शैबुतिकिन : जी जान से।

माशा : और वे भी आपको करती थीं ?

शैबुतिकिन : *(कुछ देर रुककर)* इसका तो मुझे ध्यान नहीं है।

माशा : मेरा 'मरद' भी यहीं है क्या ?—हमारी एक बावर्चिन थी मार्फ़ा, वह अपने सिपाही पति को यों ही कहा करती थी—"मेरा मरद यहीं है क्या ?"

शैबुतिकिन : अभी तक तो नहीं है।

माशा : जब खुशी को झपटकर, लड़कर टुकड़े-टुकड़े नोच-नोचकर छीनना पड़े और फिर भी वह हाथ से चली जाए, जैसे मेरे हाथ से चली जा रही है तो आदमी धीरे-धीरे चिड़चिड़ा और कटखना बन जाता है...*(अपनी छाती पर उँगली रखकर)*...मैं यहाँ भीतर-ही-भीतर धधक रही हूँ...*(बच्चागाड़ी को धकेलते आन्द्रे को देखकर)* एक

यह हमारे आन्द्रे भैया हैं। हमारी तो सारी उम्मीदें चकनाचूर हो गईं। जैसे हज़ारों आदमी मिलकर कोई घंटाघर खड़ा करें उसमें अथाह धन और अमाप श्रम लगे, और फिर अचानक वह भहरा कर नीचे आ गिरे, खील-खील बिखर जाए, सारी-की-सारी मेहनत बिना किसी वजह चली जाए, बिल्कुल वैसा ही हमारे आन्द्रे भैया ने किया है।

आन्द्रे : घर में शान्ति कब होगी ? उफ़, कैसा शोरगुल है।

शैबुतिकिन : अभी हुई जाती है *(घड़ी देखकर)* मेरी यह घंटीवाली घड़ी पुराने ढंग की है *(घड़ी में चाबी भरता है। घड़ी बजती है।)* पहली, दूसरी और पाँचवीं फ़ौजी टुकड़ियाँ एक बजे जा रही हैं...*(कुछ देर ठहरकर)* और मैं कल जा रहा हूँ।

आन्द्रे : हमेशा के लिए ?

शैबुतिकिन : पता नहीं। शायद साल-भर में लौट आऊँ। बाकी, भगवान की मरजी। यहाँ रहूँ या वहाँ, अब मेरे लिए क्या फ़र्क है ?...

(दूर सड़क पर वीणा और वायलिन के स्वर आते हैं।)

आन्द्रे : सारा शहर एकदम ख़ाली-ख़ाली हो जाएगा। जैसे कोई ढक्कन रखकर पूरे शहर को घोट दे...*(कुछ देर रुककर)* कल थिएटर के पास कोई घटना हुई है सो, सारे शहर में उसी की चर्चा है, लेकिन मुझे तो कुछ पता नहीं।

शैबुतिकिन : अरे साहब, कोई बात भी हो ? महज़ बेवकूफ़ी। हुआ यह कि सोल्योनी, बैरन को चिढ़ा रहा था : बैरन साहब बिगड़ खड़े हुए और लगे उसे बुरा-भला कहने। नतीजा यह हुआ कि आख़िरकार सोल्योनी ने द्वन्द्व के लिए ललकार डाला। *(घड़ी देखता है)* मैं समझता हूँ वक़्त हो चुका। ठीक साढ़े-बारह बजे उस झाड़ी में छिपकर नदी के पार हम देखेंगे—ठायँ-ठायँ। *(हँसता है)* सोल्योनी को मुग़ालता है कि वह लर्मन्तोव है। यह तो लर्मन्तोव की तरह कुछ लिखता-लिखाता भी है...मज़ाक़ नहीं, यह उसका तीसरा द्वन्द्व है।

माशा : किसका ?

शैबुतिकिन : सोल्योनी का।

माशा : और बैरन का ?

शैबुतिकिन : बैरन का क्या ? *(कुछ देर चुप्पी)*

माशा : मेरी तो कुछ भी समझ में नहीं आता। जो भी हो, आपको उन्हें ऐसा करने नहीं देना चाहिए। क्या ठीक है, वह बैरन को घायल कर दे या मार-मूर ही डाले।

शैबुतिकिन : माना, बैरन आदमी बहुत अच्छे हैं; लेकिन एक बैरन दुनिया में बना रहे या कम हो जाए इससे दुनिया का, क्या बनता बिगड़ता है ? उन्हें लड़ लेने दो। कोई बात नहीं। *(बाग़ के पार "ओ ऽ" और 'हल्लो' की आवाज़ें)* ज़रा ठहरो, यह द्वन्द्व युद्ध का गवाह स्क्वोर्त्सोव चिल्ला रहा है। नाव में सवार है।

(कुछ देर चुप्पी रहती है।)

माशा : मैं तो समझती हूँ कि, द्वन्द्व-युद्ध में भाग लेना या डॉक्टर की हैसियत से भी वहाँ उपस्थित रहना घोर पाप है।

शैबुतिकिन : यह तो सिर्फ़ लगता ऐसा है। असल में हमलोग सत्य नहीं हैं। यह संसार भी सत्य नहीं है; हम लोगों का कोई अस्तित्व ही नहीं, हमें तो सिर्फ़ लगता ऐसा है कि हम सचमुच में हैं। और जो कुछ सिर्फ़ लगता हो उसमें कुछ तथ्य नहीं होता वह माया है।

माशा : कैसे लोग सारे दिन बकते रहते हैं *(जाते हुए)* एक तो इस मौसम में रहना; जब हर वक़्त बरफ पड़ने का ख़तरा हो, और उसके ऊपर से फिर ये सारी ऊल-जलूल बातें। *(रुक जाती है)* मेरा मन घर के भीतर जाने को नहीं करता। नहीं, मैं भीतर नहीं जा पाऊँगी। वेर्शिनिन जब आ जाएँ तो बता दीजिए *(पेड़ोंवाले रास्ते पर चलते हुए)* चिड़िया दक्षिण की ओर उड़ी जा रही हैं। *(ऊपर देखती है)* बत्तख़ो, जंगली बगुलो...मेरी चिड़ियो...सुन्दर-सुन्दर चिड़ियो !

(चली जाती है।)

आन्द्रे : अब हमारा घर बिल्कुल सूना-सूना हो जाएगा। सारे अफ़सर जा रहे हैं। तुम जा रहे हो—इरीना की शादी हुई जा रही है—रह गया मैं, अकेला इस घर में।

शैबुतिकिन : और तुम्हारी बीवी ?

(फ़ैरापोंट कुछ काग़ज़ लेकर प्रवेश करता है।)

आन्द्रे : अरे, भाई, बीवी तो बीवी ही है—बड़ी ईमानदार, भली, दिलदार सब कुछ हो सकती है, फिर भी उसकी कुछ बातें उसे ओछा और स्वार्थान्ध बना डालती हैं। ख़ैर जो भी हो, उसमें मनुष्यता नहीं है। मैं तुमसे दोस्त के नाते कहता हूँ। तुम्हीं तो एक ऐसे आदमी हो, जिसके सामने मैं अपना दिल खोलकर रख सकता हूँ। मैं उसे प्यार करता हूँ, यहाँ तक तो ठीक ही है; लेकिन कभी-कभी तो वह मुझे ऐसी गँवार और फूहड़ लगती है कि उस समय मेरी समझ में नहीं आता, क्या कर डालूँ। उस वक़्त इन सब पर भी ध्यान नहीं जाता कि मैंने उसे प्यार दिया है या मैं उसे प्यार करता हूँ—

शैबुतिकिन : *(उठ खड़ा होता है)* आन्द्रे बेटा, कल मैं जा रहा हूँ और हो सकता है अब हम लोग फिर कभी भी न मिल पाएँ, इसलिए मेरी तुम्हें एक सलाह है : टोपी लगाओ, छड़ी लो और बस निकल पड़ो। चलते चले जाओ, चलते चले जाओ, भूलकर भी पीछे मुड़कर मत देखो—जितनी दूर चले जाओगे उतना ही तुम्हारा कल्याण है। *(कुछ देर चुप रहकर)* लेकिन ख़ैर, जो तुम्हारे मन में आए सो करो—फ़र्क क्या पड़ता है।

(दो अफ़सरों के साथ सोल्योनी मंच को पार करता है। शैबुतिकिन को देखकर उधर घूम पड़ता है। अफ़सर अपने रास्ते चले जाते हैं।)

सोल्योनी : डॉक्टर साहब, वक़्त हो गया। साढ़े-बारह बज गए। *(आन्द्रे से नमस्कार करता है।)*

शैबुतिकिन : एकदम ? भाई, तुम सबके मारे तो मेरी नाक में दम है। *(आन्द्रे से)* आन्द्रूशा अगर कोई मुझे पूछे तो कह देना, मैं अभी सीधा आता हूँ। *(ठंडी साँसें लेता है।)*

सोल्योनी : उफ़, "मुँह से निकले बात नहीं, जब चढ़ा पीठ पर हो भालू।"

(डॉक्टर के साथ चलते हुए) बुढ़ऊ, क्या टरटरा रहे हो ?

शैबुतिकिन : *(इस आत्मीयता का विरोध करते हुए)* आओ चलो।

सोल्योनी : कैसा लग रहा है ?

शैबुतिकिन : *(झुँझलाकर)* जैसे गद्दे पर सूअर पड़ा मस्ता रहा हो।

सोल्योनी : यार, ऐसे मत बौखलाओ। मैं ज़्यादा कुछ थोड़े ही

करूँगा। बस, एक गोली से तीतर की तरह उसे ख़त्म ही तो कर दूँगा। *(इत्र निकालकर अपने हाथों पर छिड़कता है)* आज तो मैंने पूरी बोतल ख़त्म कर डाली, फिर भी इनसे बदबू आती है। मेरे हाथों से मुर्दों जैसी बदबू आती है। *(कुछ देर चुप रहकर)* अच्छा हाँ,...तुम्हें वह कविता याद है "उद्विग्न हृदय है खोज रहा तूफ़ानी-सागर, जैसे बैठी हो शान्ति, बना तूफ़ानों को घर।"...

शैबुतिकिन : हाँ, हाँ..."मुख से निकले बात नहीं जब चढा पीठ पर हो भालू।"

(सोल्योनी के साथ चला जाता है। "हल्लो ऽ ऽ ऽ हो ऽ ऽ ऽ।" की आवाज़ें सुनाई देती हैं। आन्द्रे और फ़ैरापोंट का प्रवेश)

फ़ैरापोंट : यह आपके दस्तख़त करने को काग़ज़ हैं।

आन्द्रे : *(हताश और असहाय से ढंग से)* मुझे अकेला छोड़ दो, मेरा पीछा छोड़ दो। मैं तुमसे प्रार्थना करता हूँ—*(बच्चा-गाड़ी के साथ चला जाता है।)*

फ़ैरापोंट : लेकिन काग़ज़ों पर तो दस्तख़त होने ही है।

(नेपथ्य में वापस चला जाता है।)

(इरीना के साथ चटाई का बुना टोप पहने तुज़ेनबाख़ आता है। कुलिगिन "अरी ओ माशाऽऽऽ।" पुकारता हुआ मंच पार करके चला जाता है।)

तुज़ेनबाख़ : लगता है कि बस्ती-भर में यही एक ऐसा आदमी है जिसे अफ़सरों के जाने की खुशी है।

इरीना : और होनी भी चाहिए *(कुछ देर रुककर)* अब हमारा शहर ख़ाली हो जाएगा।

तुज़ेनबाख़ : अच्छा इरीना, मैं अभी आ रहा हूँ।

इरीना : जा कहाँ रहे हो ?

तुज़ेनबाख़ : मुझे ज़रा शहर में जाना है। फिर अपने साथियों को विदा करने भी जाना होगा।

इरीना : झूठ बोलते हो। निकोलाय, आज तुम ऐसे उखड़े-उखड़े से क्यों हो ? *(कुछ देर रुककर)* कल थिएटर के पास क्या बात हो गई थी ?

तुज़ेनबाख़ : *(बेचैनी की मुद्रा से)* मैं अभी एक घंटे में यहीं तुम्हारे पास वापस आए जाता हूँ। *(उसका हाथ चूमता है)* मेरी

अप्सरा *(उसके चेहरे की ओर देखते हुए)* लगातार पाँच साल से मैं तुम्हें प्यार करता आ रहा हूँ, फिर भी जैसे मेरा प्यार पुराना ही नहीं पड़ता, तुम मुझे रोज़-रोज़ और भी ज़्यादा अच्छी लगती जाती हो। कैसे सुन्दर-सुन्दर चमकदार तुम्हारे बाल हैं—कैसे अद्भुत तुम्हारे नयन हैं। कल मैं तुम्हें यहाँ से ले जाऊँगा ! हम लोग ख़ूब काम करेंगे—धनी हो जाएँगे...तब जैसे मेरे सारे सपने साकार हो उठेंगे। तुम्हें भी प्रसन्नता होगी। बस, मुझे सिर्फ़ एक ही शिकायत है कि तुम मुझे प्यार नहीं करती।

इरीना : यह मेरे बस में नहीं है, बैरन। हाँ, मैं तुम्हारी पत्नी बनूँगी और पतिव्रता स्वामिभक्त रहूँगी, लेकिन तुम्हारे लिए मन में प्यार नहीं है, मैं क्या करूँ ? *(रो पड़ती है)* मैंने कभी ज़िन्दगी में प्यार नहीं जाना। हाय, मैंने प्यार के कैसे-कैसे सपने देखे हैं। रात-रात-भर लगातार वर्षों मैंने सपनो में प्यार को पाला है, लेकिन जैसे आज मेरी आत्मा उस अनमोल पियानों की तरह रह गई है जिसे खोलने की चाबियाँ खो गई हों। *(कुछ देर चुप रहकर)* तुम बड़े उद्विग्न लगते हो।

तुज़ेनबाख़ : सारी रात मैं सो नहीं पाया हूँ...कभी मेरे जीवन में कोई ऐसी बात नहीं हुई जो मुझे डराए या तंग करे—बस, यही खोई हुई चाबी मेरे दिल में भी कसकती रहती है; मुझे सोने नहीं देती। मुझसे कुछ बात करो न...? *(कुछ देर चुप रहकर)* मुझसे कुछ बोलो।

इरीना : मेरे पास तुमसे बोलने को क्या है ?—क्या बोलूँ ?

तुज़ेनबाख : कुछ भी।

इरीना : ना-ना

(चुप्पी)

तुज़ेनबाख़ : कभी-कभी ज़िन्दगी में कैसी-कैसी छोटी, नगण्य और महत्त्वहीन बातें अहम और महत्त्वपूर्ण बन जाती है। आदमी उन पर हँसता है, उन्हें बेवकूफ़ी और बकवास समझता है, लेकिन फिर भी उन्हीं से जा भिड़ता है और तब लगता है कि उन्हे रोकने और टालने का कोई उपाय नहीं है। ख़ैर, छोड़ो—अब इस बारे में हम बातें न ही करें। मैं खुश हूँ। मुझे ऐसा लगता है जैसे इन

देवदारु के पेड़ों को, चीड़ के दरख़्तों को, भोज के वृक्षों को जीवन में पहली बार ही देख रहा हूँ, और लगता है जैसे ये सबके सब बड़ी उत्सुकता से मुझे निहार रहे हैं, मेरी प्रतीक्षा कर रहे हैं। कैसे हरे-भरे सुन्दर पेड़ हैं—इनकी छाया में ज़िन्दगी कैसी अद्भुत होनी चाहिए थी...*("हल्लोऽऽहोऽ का" स्वर)* मैं अब चलूँ... वक़्त हो गया...देखो वह पेड़ मुरझा गया है, लेकिन फिर भी दूसरों के साथ कैसा हवा में झूम रहा है। मुझे भी यही लगता है कि मैं अगर मर भी गया तो किसी-न-किसी प्रकार जीवन में मेरा हिस्सा बना रहेगा। अच्छा मेरी इरीना—अब विदा दो। *(उसका हाथ चूमता है)* तुमने मुझे जो काग़ज़ दिए थे वे मेरी मेज़ पर कैलेंडर के नीचे रखे हैं।

इरीना : मैं भी तुम्हारे साथ चल रही हूँ।

तुज़ेनबाख़ : *(चौंककर)* नहीं...नहीं...*(तेज़ी से चला जाता है। फिर रविश पर रुककर)* इरीना।

इरीना : कहो, क्या बात है ?

तुज़ेनबाख़ : *(समझ में नहीं आता क्या कहे)* आज मैंने सुबह कॉफ़ी ही नहीं पी। ज़रा मेरे लिए बनाने को कह देना।

(तेज़ी से चला जाता है।)

(इरीना विचारों में खोई-खोई सी चुपचाप खड़ी रहती है। फिर दृश्य की पृष्ठभूमि में टहलती चली जाती है। वहाँ झूले पर बैठ जाती है। आन्द्रे बच्चा-गाड़ी लिए आता है। फ़ैरापोंट फिर प्रगट होता है।)

फ़ैरापोंट : आन्द्रे सर्जीएविच, ये काग़ज़ मेरे बाप के नहीं, सरकारी काग़ज़ हैं। मैंने तो उन्हें बना नहीं लिया।

आन्द्रे : उफ़ ! सब कहाँ चला गया ? मेरे उस अतीत को क्या हो गया, जब मैं जवान था, प्रसन्न था, चतुर और विद्वान् था ? जब एक से एक अनूठे मेरे सपने और विचार थे...और जब मेरा भूत और वर्तमान आशा की किरणों से जगमगाया करता था ? जीवन की देहलीज़ पर पाँव रखते ही हम ऐसे बुझे-बुझे से, मरियल, रूखे, मुर्दार, उदास, आलसी, निकम्मे और दुखी क्यों हो जाते हैं ? हमारे शहर को बने हुए दो सौ साल होने जा रहे

हैं...एक लाख आदमी यहाँ रहते हैं...इन सबमें एक भी तो ऐसा नहीं है जो शेष सब दूसरों जैसा न हो—दूसरों से कहीं भी अलग से हो—एक भी सन्त हुआ हो, या आज हो, एक भी महान् उद्‌भट विद्वान् हो, कोई कलाकार रहा हो, या जिसमें कोई भी ऐसी ख़ास बात रही हो कि मन में उससे ईर्ष्या उपजे या उसके चरण-चिह्नों पर चलने की उत्कट लालसा हो...बस, सब खाते हैं, पीते हैं, सोते हैं और फिर ठिकाने लगते हैं। जो पैदा होते हैं वे भी खाने-पीने सोने में लग जाते हैं, और एक-रसता से बचने के लिए ऊल-जलूल ग़प्पों, वोद्का, ताश और मुक़दमेबाजी में वक़्त गुज़ारते हैं। पत्नियाँ पतियों को धोखा देती हैं और पति झूठ बोलते हैं। ऐसा भाव दिखाते हैं जैसे न तो उन्हें कुछ सुनाई देता है, न दिखाई। और इसी गन्दगी, ग़लाज़त का बोझ सिर से पाँव तक का बच्चों के ऊपर लदा है...उनके भीतर की दैवी-दीपशिखा बुझ जाती है और वे भी वैसे ही दयनीय, मरे-मराए बिल्कुल अपने माँ-बापों जैसे प्राणी बन जाते हैं। *(फ़ैरापोंट से गुस्से से)*...क्या चाहिए तुझे ?

फ़ैरापोंट : ऐंऽऽ ? ये कुछ काग़ज़ हस्ताक्षर करने को है।

आन्द्रे : हमेशा मेरी जान के पीछे लगा रहता है।

फ़ैरापोंट : *(उसे काग़ज़ देते हुए)* यहाँ के ख़जाने का कुली अभी-अभी बताता था कि इस जाड़े में पीटर्सबर्ग में दो-सौ डिग्री तक बरफ़ पड़ी।

आन्द्रे : वर्तमान घृणास्पद ज़रूर है, लेकिन जब मैं भविष्य की बात सोचता हूँ तो लगता है कि वह ज़रूर अच्छा होगा। मन में बड़ा हल्कापन, निश्चिन्तता जागती है।...क्षितिज में एक प्रकाश फूटता चला आ रहा है, स्वतन्त्रता मुझे तो साफ़ दीख रही है। मैं देख रहा हूँ कि मैं और मेरी सन्तानें, आलस्य से, जौ की शराब से, बत्तख़ और खीरे के इन कबाबों से, इन दावतों और सोने से, इस कमीनी और परोपजीवी ज़िन्दगी से; छूट जाएगी, मुक्ति पाएगी।

फ़ैरापोंट : और वह कहता था कि दो हज़ार आदमी बर्फ़ से जमकर मर गए, लोगों में त्राहि-त्राहि मच गई। मुझे

ठीक याद नहीं बात पीटर्सबर्ग की है या मॉस्को की।

आन्द्रे : *(कोमल भावनाओं के आवेश में)* मेरी प्यारी बहनें, मेरी अनोखी बहनें *(गद्गद कंठ से)* मेरी माशा, मेरी बहन !

नताशा : *(खिड़की से झाँककर)* यह इतने ज़ोर-ज़ोर से कौन बोल रहा है ? अरे आन्द्रूशा तुम हो ? तुम सोफ़ी मुन्नी को जगाकर मानोगे *(फ्रेंच में)* सोफ़ी सो रही है—उसे मत जगाओ भालू ! *(गुस्से से)* अगर तुम्हें बातें ही करनी है तो यह बच्चीवाली गाड़ी किसी और को दे दो... *(फ़ैरापोंट से)* मालिक से गाड़ी ले लो।

फ़ैरापोंट : अच्छा, सरकार। *(गाड़ी ले लेता है)*

आन्द्रे : *(अचकचा कर)* ज़ोर-ज़ोर से तो मैं नहीं बोल रहा था।

नताशा : *(बच्चे को थपकते हुए, कमरे के अन्दर से)* बॉबिक मुन्ना ! बेटा बॉबिक; अरे दुष्ट।

आन्द्रे : *(काग़ज़ों पर निगाह डालते हुए)* बहुत अच्छा, इन्हें देख लेता हूँ और जहाँ ज़रूरत होगी हस्ताक्षर कर दूँगा—इसके बाद तुम इन सबको पंचायत में ले जाना *(काग़ज़ पढ़ता हुआ घर में चला जाता है। फ़ैरापोंट गाड़ी को धकेलता बाग़ में दूर ले जाता है।)*

नताशा : *(कमरे में से)* बॉबिक बेटा, तेरी अम्मा का नाम क्या है ?—बेटा मुन्ना, अच्छा देख ये कौन हैं ? ये तेरी मौसी ओल्या हैं। मौसी से बोलो—"गुडमौर्निंग मौसी !"

(एक लड़की और एक लड़के का घूम-घूकर गानेवालों की वीणा और वॉयलिन बजाते हुए प्रवेश। वैर्शिनिन, ओल्या और अनफ़ीसा घर से निकलकर चुपचाप एक मिनट गाना सुनते रहते हैं। इरीना आगे आ जाती है।)

ओल्गा : हमारा बगीचा तो अब सबके लिए आम रास्ता ही हो गया। लोग आते-जाते हैं, घोड़ों पर चढ़कर घूमते हैं। दाई माँ, इन लोगों को भी कुछ दे दो।

अनफ़ीसा : *(गानेवालों को पैसे देती है)* जाओ, अब चले जाओ, भगवान् तुम्हारा भला करे बेटा *(गानेवाले झुककर अभिवादन करते हैं)* बेचारे ! लोगों के पास खाने-पीने को हो तो क्यों गली-गली गाते मारे फिरें *(इरीना से)* इरीना बेटी नमस्कार। *(उसे चूमती है)* अरे मेरी मुन्नी, बेटी, बरसों हो गए मुझे तो तुझे देखे। अब तो मैं

ओल्गा के साथ हाईस्कूल के ही सरकारी मकान में में रहने लगी हूँ न ! क्या करूँ, बुढ़ापे में यही भगवान् की मर्ज़ी थी। अरे मैं पापिनी इतने आराम से सारी ज़िन्दगी कब-कब रही होऊँगी ? ख़ूब बड़ा मकान है ! मुझे अपने लिए एक पूरा अलग कमरा है, अलग खटिया है। और खर्चा सारा सरकारी है...रात में तड़के ही मेरी आँखें खुल जाती हैं। हे भगवान्, है माता मेरी, मुझ जैसा सुखी संसार में और कौन होगा ?

वैर्शिनिन : *(घड़ी देखकर)* ओल्गा सर्जीएव्ना हम लोग, अब चलते हैं...कूच का वक़्त हो गया है...*(कुछ देर रुककर)* मेरी कामना है, तुम्हें सब कुछ मिले...तुम सुखी होओ। मार्या सर्जीएव्ना कहाँ गई...?

इरीना : कहीं बग़ीचें में होगी...मैं जाकर अभी देखे लाती हूँ।

वैर्शिनिन : हाँ, ज़रा जाना तो। मुझे जल्दी है।

अनफ़ीसा : मैं भी चलकर उसे देखूँ *(चिल्लाती है)* माशेन्का...हो ऽऽ *(इरीना के साथ बाग़ में दूर चली जाती है) अरे ओऽऽऽऽ।*

वैर्शिनिन : हर चीज़ का अन्त होता है। देखो न, अब हम लोग बिछुड़ रहे हैं...*(अपनी घड़ी देखती है)* बस्तीवालों ने हमें विदा-भोज दिया था न, सो हम लोग बैठ-बैठे शराब पीते रहे। मेयर ने भाषण दिया। मैं खाता रहा, सुनता रहा, लेकिन दिल मेरा यहाँ तुम्हारे पास लगा था। *(बाग़ में चारों ओर देखे हुए)* आप लोगों में मेरा मन बहुत-बहुत रम गया था।

ओल्गा : क्या हम लोग फिर कभी मिल पाएँगे ?

वैर्शिनिन : शायद कभी नहीं ! *(कुछ देर चुप्पी)* मेरी पत्नी और दोनों छोटी बच्चियाँ यहाँ दो महीने और रहेंगी।...अगर कोई बात हो जाए, या उन्हें कुछ ज़रूरत पड़े तो मेहरबानी करके...

ओल्गा : हाँ-हाँ, ज़रूर ! आप बिल्कुल ख़ातिरजमा रखिए *(कुछ देर चुप रहकर)* लेकिन कल सुबह बस्ती में एक भी सैनिक नहीं रह जाएगा। सिर्फ़, याद रह जाएगी, और सचमुच, हमारे लिए तो जैसे ज़िन्दगी नए सिरे से शुरू होगी। *(कुछ देर चुप रहकर)* पता नहीं क्या बात है, हम जैसा चाहती हैं, सब बातें ठीक उससे उल्टी होती हैं।

मैं हेडमास्टरनी नहीं बनना चाहती थी और आज वही बन गई हूँ ! अब लगता है हम लोग मॉस्को भी नहीं जा पाएँगे।

वैर्शिनिन : ख़ैर, आप लोगों को बहुत-बहुत धन्यवाद। अगर कुछ भूल हो गई हो तो मुझे माफ़ कर देना। मैं बहुत देर बक-बक करता रहा, इसके लिए भी माफ़ करना। मेरे खिलाफ़ मन में कोई दुर्भावना मत रखना।

ओल्गा : *(आँखें पोंछकर)* माशा क्यों नहीं आई अभी तक ?

वैर्शिनिन : विदा होते समय तुमसे और क्या कहूँ ? अब इसकी क्या दार्शनिक व्याख्या करूँ ?... *(हँसता है)* जीवन बड़ा कठोर है। हममें से बहुतों को यह बिल्कुल सूना-सूना, खोखला, आशाहीन लगता है।...फिर भी हमें मानना पड़ता है कि ज़िन्दगी अधिक-अधिक आसान और स्पष्टतर होती जा रही है। लगता है कि वह दिन दूर नहीं यह आनन्द और उल्लास से भर उठेगी *(घड़ी देखकर)* मेरे चलने का वक़्त हो गया। पुराने ज़माने में लोग दिन-रात लड़ाइयों में लगे रहते थे। उनकी ज़िन्दगी कूच—हमलों और विजयों से ही भरी रहती थी; लेकिन अब वह सब अतीत की बातें रह गईं, हालाँकि उस युग के बाद एक ऐसा ख़ाली स्थान, एक ऐसी दरार रह गई है कि उसे भरनेवाली कोई चीज़ अभी तक हमारे पास नहीं है। मानवता उस दरार भरनेवाले तत्त्व की खोज में है, ज़ोर-शोर से खोज में है और निश्चय ही एक दिन उसे खोज निकालेगी...काश, यह काम कुछ जल्दी हो जाता। *(कुछ देर ठहर कर)* तुम नहीं जानती ओल्गा, काश, परिश्रम और उद्योग भी संस्कृति में घुल-मिल जाते और संस्कृति का गठबन्धन इनसे हो पाता तो कैसा अच्छा होता। *(घड़ी देखकर)* लेकिन, ख़ैर, अब मेरा चलने का समय हो गया।

ओल्गा : लो, यह आ गई।

(माशा का प्रवेश)

वैर्शिनिन : मैं विदा माँगने आया हूँ।

(ओल्गा उन्हें विदा माँगने के लिए छोड़कर अलग हट जाती है।)

माशा : *(उसके चेहरे को देखते हुए)* अलविदा ! *(एक प्रगाढ़*

चुम्बन)

ओल्गा : बस-बस !

(माशा सिसक-सिसककर रो पड़ती है।)

वैर्शिनिन : मुझे लिखना।...भूल मत जाना मुझे...अब चलने दो... समय हो गया है...ओल्गा सर्जीएव्ना, इसे सँभालना, मुझे...मुझे अब चलना है। देर हो रही है *(बड़ा उद्विग्न हो उठता है। ओल्गा का हाथ चूमता है। फिर माशा का आलिंगन करता है और तेज़ी से चला जाता है।)*

ओल्गा : बस माशा !—अब बस करो बहन।

(कुलिग़िन का प्रवेश।)

कुलिग़िन : *(परेशानी से)* कोई बात नहीं। इसे रो लेने दीजिए...इसे रो लेने...मेरी माशा...मेरी प्यारी माशा...तुम मेरी पत्नी हो माशा, और जैसी भी हो, मैं बहुत ख़ुश हूँ...मुझे कोई शिकायत नहीं है...आरोप का एक शब्द भी मैं नहीं कहता। देख लो, यह ओल्गा गवाह है...हम लोग इसी पुराने जीवन को फिर अपना लेंगे। मैं अब आगे एक भी शब्द नहीं कहूँगा...एक इशारा भी नहीं करूँगा।

माशा : *(आँसू पीकर)*—एक झुके हुए ढालू समुद्र के किनारे पर हरा-हरा शाह बलूत का पेड़ खड़ा है, बलूत के उस पेड़ पर सोने की एक जंजीर है...शाह-बलूत के उस पेड़ पर सोने की जंजीर है...हाय, मैं तो पागल हुई जा रही हूँ...सागर के ढालू झुके किनारे पर...एक हरा-हरा शाह-बलूत का पेड़...

ओल्गा : माशा, अपने को सँभालो बहन, ज़रा धीरज रखो माशा...इसे ज़रा सा पानी लाओ।

माशा : अब मैं कहाँ रो रही हूँ ?

कुलिग़िन : हाँ, अब तो यह नहीं रो रही। यह तो बड़ी अच्छी है।

(कहीं गोली चलने की हल्की सी आवाज़)

माशा : एक झुके हुए समुद्र के किनारे पर हरा-हरा शाह बलूत का एक पेड़ खड़ा है, बलूत के उस पेड़ पर सोने की ज़ंजीर है। हरी-हरी बिल्ली है, बलूत भी हरा-हरा है—अरे मैं तो दोनों को गड़मड़ किए दे रही हूँ *(पानी पीती है)* बिल्कुल बेकार रही मेरी ज़िन्दगी। मेरी कोई चाह नहीं रही...मैं चुप होकर बैठ जाती हूँ। एक शब्द भी नहीं बोलूँगी। खैर ! सागर-तट का अर्थ क्या है ?

यह शब्द क्यों हर वक़्त मेरे दिमाग़ में गूँजते रहते हैं...मेरी खोपड़ी में सब कुछ गड्ड-मड्ड हो गया है।

(इरीना का प्रवेश।)

ओल्गा : अब अपने को शान्त करो माशा। देखो, कैसी अच्छी लड़की है हमारी माशा। आओ भीतर चलें अब।

माशा : *(झुँझलाकर)* मुझे भीतर नहीं जाना। छोड़ दो मेरा पीछा।

(सिसकने लगती है, लेकिन फिर फ़ौरन ही अपने को सँभाल लेती है।)

मैंने अब इस घर में जाना छोड़ दिया है, मैं नहीं जाऊँगी।

इरीना : अच्छा, अगर हम लोगों को कुछ बात नहीं करनी तो चुपचाप साथ-साथ ही बैठे रहें। तुम्हें पता है, मैं कल चली जाऊँगी ?

(कुछ देर चुप्पी।)

कुलिगिन : आज तीसरे दर्जे के एक लड़के से मैंने नक़ली मूछें और दाढ़ी छीन लीं–देखो तो *(दाढ़ी और मूँछें लगाता है)* मैं हू-ब-हू जर्मन-मास्टर जैसा लगता हूँ *(हँसता है)*...लगता हूँ न ? ये लड़के भी कमबख़्त बड़े मसख़रे होते हैं !

माशा : तुम तो सचमुच, जर्मन-मास्टर जैसे दिखाई देते हो !

ओल्गा : *(हँसते हुए)* हाँ हू-ब-हू !

(माशा रोने लगती है।)

इरीना : माशा फिर यह क्या है ?

कुलिगिन : बुरी बात है ?

(नताशा का प्रवेश।)

नताशा : *(नौकरानी से)* क्या कहा ? सोफ़ी मुन्नी के साथ प्रोतोप्रोव बैठेंगे और आन्द्रे सर्जीएविच बॉबिक को इधर-उधर घुमाएँगे। इन बच्चों के साथ भी कितना कुछ करना पड़ता है *(इरीना से)* इरीना कल तुम चली जाओगी ? कैसे अफ़सोस की बात है। एक हफ़्ते और रुक जाओ न...*(कुलिगिन को देखते ही एक चीख मारती है। कुलिगिन हँस पड़ता है और दाढ़ी-मूछें उतार लेता है।)* हाय, तुमने तो ऐसा डरा दिया ! *(इरीना से)* मेरा तुम्हारे साथ कैसा मन लग गया था। तुम सोचती हो, तुमसे बिछुड़ने का मुझे दुःख नहीं है ? तुम्हारे कमरे

में अपने वायलिन के साथ मैं आन्द्रे को रख दूँगी, वहीं बैठे-बैठे रगड़ा करेंगे...उनके कमरे में सोफ़ी को रख देंगे। कैसी प्यारी-प्यारी भोली बच्ची है। वह क्या बच्ची नहीं है हमारी ? आज मेरी तरफ़ ऐसी भोली-भोली आँखों से देखती रही—बोली : 'अम्मा'।

कुलिगि़न : सचमुच, बड़ी प्यारी बच्ची है।

नताशा : कल मैं यहाँ बिल्कुल अकेली रह जाऊँगी *(ठंडी साँस भर के)* सबसे पहले तो मैं इन देवदार के पेड़ों को रास्ते से कटवा दूँगी। इसके बाद यह मोरपंखी का पेड़ उखड़वा दूँगी। रात में ऐसा भद्दा दिखाई देता है इनके मारे... *(इरीना से)* बहन, यह कमर में बँधा पटका तुम्हें बिल्कुल भी नहीं खिलता। अच्छी पसन्द नहीं है। तुम्हारे ऊपर तो कुछ हल्का रंग खिलेगा।...इसके बाद मैं ख़ूब फूल लगवाऊँगी...फूल-ही-फूल...फिर ऐसी खुशबू रहा करेगी... *(कड़क कर)* उस कुर्सी पर यह खाने का काँटा क्यों पड़ा है ? *(घर में जाते हुए नौकरानी से)* मैं पूछती हूँ उस कुर्सी पर वह खाने का काँटा क्यों पड़ा है ? *(चीख़कर)* ज़बान को ताला लग गया है क्या ?

कुलिगि़न : आज यह अपनी पर आ रही है।

(नेपथ्य में कूच का बाजा बजता है। सब सुनते हैं।)

ओल्गा : वही लोग जा रहे हैं।

(शैबुतिकिन का प्रवेश।)

माशा : हमारे ही लोग जा रहे हैं। उन्हें यात्रा शुभ हो ! *(अपने पति से)* अब हमें भी घर चलना चाहिए। मेरा दुपट्टा और टोप कहाँ गया ?

कुलिगि़न : मैंने उन्हें भीतर घर में ले जाकर रख दिया है...अभी लाए देता हूँ।

ओल्गा : हाँ, अब समय हो चुका। हम लोग घर चलें।

शैबुतिकिन : ओल्गा सर्जीएव्ना।

ओल्गा : क्या बात है ? *(ठिठककर)* क्या है ?

शैबुतिकिन : कुछ नहीं। पता नहीं तुमसे कैसे कहूँ... *(उसके कान में फुसफुसाता है।)*

ओल्गा : *(चौंककर)* हैं, ऐसा कभी नहीं हो सकता।

शैबुतिकिन : हाँ, यही हुआ है। थकान से मेरी तो जान ही निकल गई है। परेशानी से मरा जा रहा हूँ...अब एक शब्द भी

बोलने को जी नहीं करता। *(उद्विग्नता से)* पर ख़ैर, दुनिया का इससे कुछ नहीं बनता-बिगड़ता।

माशा : हो क्या गया ?

ओल्गा : *(इरीना को बाँहों मे भरकर)* आज का दिन बड़ा मनहूस है ! समझ में नहीं आता, कैसे तुम्हें बताऊँ। मेरी प्यारी बहन।

इरीना : क्या हुआ ? जल्दी बताओ न, क्या हुआ ? भगवान् के लिए जल्दी बताओ !

(रो पड़ती है)

शैबुतिकिन : अभी-अभी द्वन्द्व-युद्ध में तुज़ेनबाख़ बैरन मारे गए।

इरीना : *(चुप-चुप रोते हुए)* मुझे पता है ! मुझे मालूम है।

शैबुतिकिन : *(दृश्य के पीछे की ओर बाग़ की एक बेंच पर बैठ जाता है।)* मेरा तो दम निकल गया...*(जेब से एक अख़बार निकालकर)* अब इन्हें रो लेने दो *(गुनगुनाता है)* त-रा-रा-रा तूम...ऐऽऽ...किसी को कोई फ़र्क नहीं पड़ता है।

(एक-दूसरे को बाँहों से भरे तीनों बहनें खड़ी हैं।)

माशा : हाय, सुनो, कूच बाजे की आवाज़ें सुनो, वे सब हमसे दूर चले जा रहे हैं। एक अभी-अभी गया है...हमेशा के लिए चला गया। हम लोग अपने जीवन को नए सिरे से शुरू करने के लिए अब फिर अकेली बच गई हैं। हमें ज़िन्दा रहना पड़ेगा, जीवित रहना ही होगा।

इरीना : *(ओल्गा छाती पर हाथ रखकर)* समय आएगा जब हर आदमी समझ जाएगा कि, यह सब क्यों होता है ? दुनिया में यह दुःख और मुसीबतें क्यों हैं ? तब कोई भी रहस्य जैसी चीज़ नहीं रह जाएगी। लेकिन तब तक हमें ज़िन्दा तो रहना ही पड़ेगा। हमें काम भी करना पड़ेगा। मेहनत और केवल मेहनत करनी पड़ेगा। कल मैं अकेली हो जाऊँगी और जिन-जिनको मेरी ज़रूरत है उन्हीं की सेवा में सारी ज़िन्दगी लगा दूँगी। अब शरद ऋतु है, जल्दी ही शिशिर आकर हमें बर्फ़ से छा देगा...लेकिन मैं काम में लगी रहूँगी, लगी ही रहूँगी।

ओल्गा : *(अपनी दोनों बहनों को गले लगाकर)* कैसा मनोहर, कैसा आशाप्रद, विश्वासदायक लगता है संगीत। मन में ज़िन्दा रहने की अदम्य इच्छा जागती है। हे भगवान,

यों ही समय गुज़रता चला जाएगा—और हम लोग भी इसी के बहाव में हमेशा—हमेशा के लिए चली जाएँगी। लोग हमें भूल जाएँगे, हमारे चेहरों को भूल जाएँगे, हमारे स्वरों को भूल जाएँगे और पता नहीं हममें कितनी-कितनी बातें हैं जिन्हें कोई भी याद नहीं रखेगा, लेकिन हमारे दुःख-दर्द, हमारे कष्ट, पीछे जीनेवालों के सुख में बदल जाएँगे, दुनिया में शान्ति और सुख छा जाएगा। तब लोग सुख से रहा करेंगे, और अपने पहलेवालों को करुणापूर्ण स्वर में याद किया करेंगे, आशीर्वाद देंगे। प्यारी बहनो, हमारे जीवन का अन्त यहीं नहीं हो जाएगा। हम लोग जीवित रहेंगे, यह संगीत कैसा आनन्ददायक, कैसा सुखद है कि मन होता है थोड़ी देर और चलता रहे, ताकि हम जान लें कि हम किसलिए ज़िन्दा हैं; हमें पता चल जाए कि हम यह दुःख क्यों भोग रही हैं। काश, हम सिर्फ़ इतनी-सी बात जान पातीं। काश, इतनी बात जान लेतीं।

(संगीत धीरे-धीरे डूबता जाता है। बड़ा खुश-खुश हँसता हुआ कुलिगिन दुपट्टा और टोप लाता है। आन्द्रे बॉबिक को बैठाकर बच्चा-गाड़ी धकेलता ले जाता है।)

शैबुतिकिन : *(गुनगुनाता है)* तरा रा रा...बूम रे...ए...*(अख़बार पढ़ता है)* कोई फ़र्क नहीं पड़ेगा...कुछ भी नहीं बने-बिगड़ेगा।

ओल्गा : काश, हम सिर्फ़ समझ पातीं...जान पातीं...।

(परदा गिरता है।)

●●●